海外小説の誘惑

サミュエル・ジョンソンが怒っている

リディア・デイヴィス

岸本佐知子＝訳

白水uブックス

Japanese translation published by arrangement with
Lydia Davis c/o Denise Shannon Literary Agency, Inc.
through The English Agency (Japan) Ltd.

アラン、テオ、そしてダニエルに

サミュエル・ジョンソンが怒っている　目次

相棒

私たちはいっしょに座っている、私と私の消化は。私が本を読むあいだ、向こうは私が少し前に食べた昼をせっせとこなしにかかっている。

退屈な知り合い

私たちの知り合いで退屈なのは四人だけだ。残りはみんな、とても面白い。だが私たちが面白いと思う人たちは、たいてい私たちのことを退屈だと思っている。私たちがもっとも面白いと思う人たちが、私たちをもっとも退屈だと思っている。その中間の何人かとは互いに面白いと思いあっているが、油断はできない。いつなんどき向こうが私たちにとって面白くなりすぎたり、私たちが彼らにとって面白くなりすぎたりするか、わかったものではないからだ。

都会の人間

二人は田舎に引っ越した。田舎はたしかに素敵だ。藪にはウズラがうずくまり、カエルが沼から顔を出している。だが二人は落ちつかない。前よりも喧嘩が増える。二人は泣く、というか女が泣き、男はうつむく。男は最近つねに顔色が悪い。女が夜中にはっと目を覚ますと、男が鼻をぐすぐすいわせている。またはっと目を覚ますと、どこかの家の車寄せに車が入っていく。朝、日差しが二人の顔に降り注ぐが、壁の奥ではネズミが騒いでいる。男はネズミが大嫌いだ。ポンプが壊れる。ポンプを取り替える。ネズミに毒を盛る。隣家の犬が吠える。吠えに吠える。犬にも毒を盛ってやろうかと女は考える。

「僕らは都会の人間なんだ」と男が言う。「でも、住みやすい都会なんてものはどこにもないんだ」

不貞

彼女が空想の中で他の男のことを想うことはよくあったが、歳を取るにつれ、夫以外の男のことを想うときに性的な触れ合いを空想することはなくなった。昔はよく想った、彼女が腹を立てているときにはおそらく復讐心から、夫が腹を立てているときにはおそらく寂しさから。だが歳を取ってからは、ただ親密さや、深い心の通い合いのことを想うようになった、たとえばカフェのような人目のある場所で、手を取りあったり、目と目で見つめあったりというようなことを。この変化が何からくるものかはわからなかった。夫を尊重する気持ちからなのか――そしてじっさい夫のことはとても尊重していた――それとも単に一日の終わりの疲れからなのか、あるいはたとえ空想の中とはいえ、この歳でできることには限度があると感じるからなのか。とりわけ疲れているときには、親密さや深い心の通い合いですら空想するのが難しくなり、もっと淡いつながりのことを想うようになった、たとえば同じ部屋にいるけれども、それぞれがべつべつに椅子に座っている、というような。そして彼女がもっと歳を取り、もっと疲れ、さらにもっと歳を取り、さらにもっと疲れると、また新たな変化が起こり、無関係にいっしょにいるというような淡いつながりでさえもはや生々しすぎて荷が重くなり、彼女の空想は他の友人たちとのあいだで交わすような静かな親愛の情、一点の疚《やま》しさもなく、どんな男とでも交わすことのできるような、そして実際に多くの男たちと交わしているような――その中には夫と共通の友人も何人かいた――そんな親しさに限られるようになった。実生活での交友関係が不十分だったり、その日いちにちの交友関係が不十分だったりしたとき、夜中にそういう親愛の情を想うことは、彼女を安らかな心強い気持ちにさせた。そんなふうにして彼女の空想は実生活とほとんど区別がつかなくなり、いかなる種類の不貞にもなりようがなくなった。それでも、夜、独りでそういう空想をしているとき、彼女はあいかわらず不貞をはたらいているような気がしたし、不貞の精神で行う以上――そしてそれが彼女に安らぎと心強さを与えつづけるためには、不貞の精神で行われなければならなかった――その空想はおそらく実際に不貞でありつづけた。

白い部族

私たちの家の近くに血も涙もない白い部族がいる。彼らは昼となく夜となくやって来ては、いろいろなものを盗んでいく。高い金網のフェンスを張りめぐらせてもガゼルのように飛び越え、窓の陰から外をうかがっている私たちを見上げて邪悪に歯をむいて笑ってみせる。亜麻色の細い髪をねじり上げて頭のてっぺんにたてがみのように逆立て、砂利を敷いた中庭をしなを作って歩きまわる。私たちがその様子に気を取られているすきに、他の仲間が裏庭に忍びこみ、私たちの育てたバラをこっそりむしって、裸の肩から下げた袋に詰めこむ。彼らは痛々しいほど痩せていて、フェンスを立てたこちらのほうが後ろめたくなる。それでも彼らが薄闇の中を白い影のように去ったあと、丹精したハイデルベルクやレディ・ベルパーが無残に荒らされているのを見ると、むらむらと怒りがこみ上げ、もっと断固たる措置を取るべしと決意を新たにする。彼らが盗むのはバラだけではない。ときには――このあたりは見わたすかぎり岩や小石だらけだというのに――私たちの林からわざわざ岩を盗んでいく。そして朝、外に出てみると、地面のそこかしこがえぐれており、底には生白い盲目の芋虫どもが身をのたくらせている。

特別な椅子

彼と私はともに大学組織で教師をしていて、年をとりすぎて教えられなくなるまでずっと教師でいつづけるつもりでいる。ぜひとも、それぞれの大学で特別待遇職《スペシャル・チェア》にありつきたいと願っているが、今のところ私たちにあるのは違う意味の特別な椅子《スペシャル・チェア》だけだ。それは私たちの友人の特別な椅子で、脚が広がっていて座部が回転するタイプで、彼女にとっては特別な椅子なのだが、なぜそうなのかは彼にも私にももう思い出せない。大学組織で教師をしている私たちは、特別待遇職《スペシャル・チェア》を得たい、そしてもっとたくさん給料をもらいたい、教える時間を減らし、会議で座っていなければならない時間を減らしたい、そしてかわりに特別な座におさまりたいと願っている。だが私たちは大学からは特別待遇職《スペシャル・チェア》を与えられず、あるのはこの奇妙なごつい、友人の椅子だけだ。その友人はずっと前に別の場所に移るに際してしかたなくこの椅子を置いていったのだが、なぜさっさと捨ててしまわないのか、私たちにはもう思い出せないし、そもそも知らない。彼と私はこれまでずっと、終身雇用《テニュア》の保証がないまま一年単位で大学に雇われてきた。ところがこのたび、片方が運良く終身雇用つきの職にありついた。ただしそれは彼の今いる大学ではなかったため、今の終身雇用なしの職を去るにあたって彼は友人の特別な椅子を置いていかねばならなくなった。引っ越し先はうんと遠いところにあるうえに、椅子を置くスペースがないからだ。引っ越し先の州には広大な土地が余っており、土地の余っていることといったらワイオミングの次ぐらいなのに、彼が住む家はとても狭く、余分な椅子を置くスペースは——ことにこんな、ワイン樽から作ったごつい椅子を置くようなスペースは、とてもない。そんなわけで、こんどは私が友人の椅子を預かることになり、彼からその椅子を引き継いだのだが、なにしろごつい椅子なのでひどく苦労した。かくなるうえは、彼女のこの変な赤いビニール張りの、後ろに本物の栓口とコルクの栓のついた特別な椅子が、私にも仕事の上での幸運をもたらしてくれることを願うのみだ。

ヘロドトスを読んで得た知識

――以上がナイル川の魚に関する事実である。

面談

私はがんばった、着ているものも自分なりの最新ファッションだった。有能そうで、しかもさりげない。おろしたてのレインコート。茶色の。待合室では期待がもてた。第一秘書がふかふかの椅子と紅茶をすすめてくれた。第一秘書、ことによると第二秘書。紅茶は丁重に辞退――だって飲めるはずがない、カップもまともに持てそうにない。小ぶりの本を開いた。中に入っていったらあの人が私の本に目を留め、何を読んでいるのかと訊ねることだってあるかもしれない。おや――そう彼は言うのだ――それはもしやアディソン？　うつむいて、ページにじっと目を落とす。秘書たちの会話に耳を澄まし、内部情報を得ているようなつもりになる。気分は切れ者。首尾は上々。そう、そしていよいよ初めて二人きりになった、きっとすぐに意気投合するはずだと思った、少なくともうちとけられるだろうと思った。彼は内心考えるかもしれない、おや、じつに魅力的な女性だ、前にいちど話したことがある、残念ながら短い時間だった、その彼女がいまこうしてデスクをはさんで目の前にいる、魅力的なレインコート、アクセサリーも洒落《しゃれ》ている。

こうも思うかもしれない、物静かな女性だ、だが漏れ聞く評判からも、緑の革表紙の小さな本を手に座る凜《りん》としたたたずまいからも――あれはもしやアディソン？――彼女が知的な人だということがわかる、だがどうやら内気なようだ、話してみたらきっと面白いにちがいない……。そう、目の前にいるのはまぎれもなくかの大物だ、今日は何のじゃまも入らない、誰かが部屋に入ってくることも、誰かがトレイに載せた何かを勧めてくることも、横を通りすぎることも、彼の隣で酒を飲んでいることも、とつぜん彼に何か質問をして私を置き去りにすることも（なんという無礼）、輪になって彼を取り囲むこともない、二人きりで差し向かい、書類のたくさん積まれた彼のデスクの向こうに私の顔がぽっかり浮かんでいる。ああそれなのに！――彼は私の企画を頭から全否定する、口をきわめてののしる、私のせいではないのに、私はちっとも悪くないのに、彼はタイトルの変更が気に入らないという、でも彼はまちがっている、いろいろなことが変わるべきだ、タイトルだって変わるべきだ。彼は私に噛みつく、機銃掃射する、罵詈雑言を浴びせる。私は打ちのめされる。当たり前だ――プレジデントにアポを取るぐらいなら誰でもできる、そこまでは簡単なんだ。私はもう一度こころみる、浮上し、息つぎをし、何かを言う、彼がののしるのをやめて聞く、彼が何か言いかえす、まっとうな質問をする、だが私にはその名前が思い出せない、どうやっても出てこない、ふるえる私の声、何も言うことを思いつかない、値千金の、黄金のたったひと言を放つことができない、ひどく間抜けなことを言ってしまう、彼が礼儀正しくしようと精一杯努力しているのがわかる。だがそこまでさんざん人を罵倒したあげく、彼はそれは自分の管轄ではないと言う、でもあの人たちが彼に会うべきだと言ったのだ、二人とも口を揃えて私にそう言ったのだ、二人は彼と知り合いだった、だから私は信じた、少なくとも提案だけでもしてみるべきだよ、そう彼らは言ったのだ。きっとかつがれたんだ。とんだ赤っ恥だ。アクセサリーなんかつけて。家にあるいちばんマシなのをありったけかき集めてつけてきた。でもどうせこの人は気づいてもいない。きっと内心こう言っている、悪いが全然興味ないね。待って、と私は思う、あとちょっとでいい、あと五分だけ時間をください。でももう遅い、彼が立ちあがってこちらに向かって片手を差し出している、机の向こうからボール紙のように平たい手を斜め下に突き出している、握手を求めている、これは合図だ、もう帰ってよし。ふん、せいぜいあとで泣きっ面《つら》かくがいいわ、ミスター・プレジデントさんよ！　この古だぬき！　人ってのはそんなにいつもいつも目から鼻に抜けるもんじゃないのよ、その場では馬鹿みたいに見えるもんなの。このひょろひょろのっぽ！　きっといつかあんたがあたしに頼みごとをしに来るのよ、そしたら言ってやるわ、悪いけど私の管轄じゃございません。まったくひどいまちがいだ、なんでこんなところに来てしまったんだろう。お門違い。そもそもの世界がちがう。何ひとつまともにできやしない。お話にも何にもならない。変てこな帽子、茶色のコート、だらんと垂れたつば、貧相な首、くすんだ肌、似合わないアクセサリー、しかもじゃらじゃらつけすぎ。何もかもまちがっている。ちりちりの髪。何もかもダメ。あっちは多すぎ、こっちは足りず、間も悪く、運も悪く、何ひとつまともにできない。それでもとにかくやってみて。失敗して。またやって。また失敗して。ダメ人間。社会のゴミ。せめて人並みに扱われたかった。あの人、せめて私を見ただろうか？　書類の山の上にひょっこり浮かんだ私の顔を、一度でも見たんだろうか？　もしかしたらべつの面会者とまちがえたのかもしれない！　私の番だったのに！　このレインコートが印象を悪くしたのかもしれない。茶色は失敗だったのかもしれない。こう思ったかもしれない、うへっ、なんだか待合室に陰気なのがいるぞ。何か持ちかけにきた茶色い女が、椅子に座って本なんか読んで。でも準備不足の面もたしかにあった。名前を言えなかった。ただうなずいただけだった。うなずくぐらい誰でもできる。まさかこんなことになるなんて！　本当に間抜けだった。心が折れそうだ。なんという恥――殺してやりたい。こんなことなら母についてきてもらえばよかった。母ならきっと何か言ってくれただろう。口から先に生まれてきたような母。あの男は言うだろう、うるさい目障りな婆さんだ。ここで何してる？　誰だこいつを中に入れたのは。ここからつまみ出せ！　このパステルカラーのスーツの婆さん。でも母は強力だ。あいつをとっちめる。顔のど真ん中に一発お見舞いする。あいつが言う、この変な婆さんをわたしの総マホガニー張りから追い出せ！　おあいにくさま、私の母さんよ！　ざまぁかんかんだわ、ハッハー！　あんたに青タンをこさえてやるんだから。彼は言う、このピンクのスーツの婆さんをわたしの総マホガニー張りの前から追い払え！　さあ母さん、こいつをやっちまって！　ゴー！　アイオワの婆さん魂を見せてやれ！　股関節は人工、膝も人工、左右で長さがちがう脚、靴は片方上げ底。もう怖いもんなしだ。目にもとまらぬ速さでどてっ腹に風穴を開けてやる。こっちは一枚も二枚も上手《うわて》なんだ。何なんだ？　とあいつは言う。この婆さんをここから叩き出せ！　この春スーツを着た婆さん。もしかしたらもっと口汚く言うかもしれない。この糞ババアをここから叩き出せ！　とか。いっそのこと親きょうだいを全部連れてくればよかった。兄が見ている、父が見ている、妹が加勢する。でもあの男を打ち負かすのはやっぱり母さんだ。母はあいつをぶちのめす、背広を八つ裂きにする。母さんは甘くない。きっとこう言う、この子をいじめるんじゃないよ！　なんて行儀だい。あたしの娘に向かって！　母さんは高くつく。母はあいつに一発お見舞いする。これが見えないかい？——げんこつを目の前でちらつかせる。ありとあらゆる悪口雑言を浴びせる。母さんは誰にも追従しない。あいつを滅ぼしてよ、母さん！　粉砕して！　あんたはもう、今日かぎりで——バン！——プレジデントおしまい。次のプレジデントをお願いしまあす！　もっとマシな奴をさ！　は、やれやれ！　見てるがいいわ、ミスター・プレジデント！　まったく夏の下痢よ！　臍《へそ》が茶をわかすわ！

優先順位

簡単なはずなのだ。彼が起きているあいだはその時できることをやり、彼が眠ったら彼が眠っているあいだにしかできないことを、もっとも重要なことから順にやる。だが事はそう簡単ではない。

もっとも重要なことは何だろう、とあなたは自分に問うてみる。どれが最優先事項かを頭で決め、それを実行に移す。簡単なはずだ。でも最優先事項は一つではなく、二つでも三つでもない。最優先のものがいくつかある場合、そのいくつかある最優先事項のどれを最優先にすればいいのだろう。

何かができる時間帯、つまり彼が眠っているあいだに、大急ぎで書かなければならない手紙を書くこともできる。いろいろなことの存亡がその手紙にかかっている。だがもし手紙を書けば、こんなに暑い日だというのに植物に水をやることができなくなる。雨が水をやってくれることを期待して一度は植物たちをベランダに出したが、今年の夏はひどく雨が少なかった。風に当てなければ水やりの回数を減らせるかもしれないと期待してベランダから中に入れてみたが、それでも水はやらねばならない。

だがもしも植物に水をやれば、いろいろなことの存亡がかかっている手紙を書くことはできなくなる。それに台所と居間の片付けもできなくなり、いずれあなたはその散らかりように取り乱して不機嫌になるだろう。台所のカウンターは、何枚もの買い物メモと、夫がどこかの閉店セールで買いこんできたガラス器に占領されている。ガラス器をしまうことは簡単なはずだが、しまうためにはまず全部を一度洗わなければならず、それを洗うためにはまずシンク内の汚れた皿を片づけなければならず、汚れた皿を洗うためにはまず水切り台を空にしなければならない。水切り台を空にするところから始めれば、彼が眠っているあいだには、せいぜい皿を洗うところまでしかできないだろう。

生き物だからという理由で植物を最優先事項に決めてしまう手もある。さらに、たくさんある最優先事項を整理するために、この家の生き物はすべて――もっとも小さくもっとも若い人間からはじまって――最優先だと決めてしまう。単純なことのはずだ。だがあなたはハツカネズミや猫や植物の世話のしかたはわかっていても、赤ん坊と、上の男の子と、自分と、夫の、どれを最優先にすればいいのかがよくわからない。わかっているのは、その生き物が大きくて歳をとっていればいるほど、世話のしかたがわからなくなる、ということだけだ。

ブラインド・デート

「べつに大した話ではないんだけれど」と彼女は言ったが、私が聞きたいと言うと、話してくれた。私たちは街なかの軽食堂《ランチヨネット》に座っていた。「ブラインド・デートをしたのは人生でたった一度だけ。それも実際は未遂だった。ブラインド・デートに似たようなことだったら、面白いことはもっとほかにたくさんあるんだけど——たとえば誰かから本をプレゼントされたら、それはその本との仲を誰かが取りもってくれたということでしょう。前に一度、本を読んだり書いたり集めたりといったことについてのエッセイを人からもらったことがあるの。自分にはぴったりの相手だと思った。それで車の後部座席に座ってすぐに読みはじめた。前の席で話していることも、もう耳に入らなかった。ほかの人たちが本を読んだり集めたり、どんなふうに本棚に並べているかといった話が、わたしはとても好きだから。ところが読み終わってみると、その著者の人間性がとても嫌いになってしまった。もう二度と〝彼女〟とデートをするのはごめんよ！」彼女は笑った。そこでウェイターがやって来て話が中断し、その後もいろいろなことがあって、けっきょくその話はそれきりになってしまった。

次にその話が出たのは、二人で湖を見ながらアディロンダック・チェアに座っていたときのことで、場所はまさしくアディロンダック山地だった。最初のうちはどちらも無言で満ち足りていた。私たちは疲れていた。その日はアディロンダック博物館を訪ね、昔のガイド舟や、アディロンダック・チェアの原形をよく伝える椅子など、面白いものをたくさん見た。そして今は座って湖水と森の縁《へり》を眺めながら、それぞれの胸の内で、おそらくはジェイムズ・フェニモア・クーパーに思いを馳せていた。湖をカヌーに乗った一行が通った。キャンバス地のボート帽をかぶってカヌーを漕ぐ年配の人々の静かな声が遠くから湖面を渡ってここまで聞こえてきたのをきっかけに、私たちもまた話しはじめた。二人いっしょに出かける休暇は貴重で、私たちは中断していたいくつもの会話を完結させようとしていた。

「たしか十五か十六のときだったと思う」と彼女は言った。「寄宿舎から家に帰っていたときだった。夏休みだったかもしれない。両親がどこに行っていたのかは思い出せない。両親はしょっちゅう家を留守にしていた。夜、家にわたしひとりきりということもあったし、何週間もひとりで留守番ということもあった。そこに電話がかかってきたの。知らない男の子からだった。わたしと同級生の男の子の友だちだと彼は名乗った――その同級生が誰だったかはもう忘れてしまった。すこし話をしたあと、いっしょに食事に行かないかと彼が言った。感じのいい人だと思ったから、いいわと答えて、日と時間を決め、家の住所を教えたの。

ところが電話を切ったあと、考えるうちにだんだんと不安になってきた。同級生の男の子は、わたしのことをどんなふうに言ったのだろう。二人でわたしについてどんな話をしたのだろう。もしかしたら自分にはある種の評判が立っているのかもしれない。いま考えてみても、その二人がわたしについて完全に純粋で無邪気なことを話していたとはとても思えない――たとえば可愛いとか、いっしょにいて楽しいとか。男の子どうしが二人きりで女の子について話すことなんて良からぬことに決まってる。その時わたしの頭に浮かんだいちばん嫌な言葉は〝簡単〟だった。あの子は〝簡単〟だよ。わたしはそんなに簡単だったわけじゃない。ある子たちよりはそうだったかもしれないけれど、べつの子たちほどそうではなかった。その二人が自分について話しているところを想像すればするほど、嫌な気持ちになっていった。

わたしは男の子が好きだった。自分の知っている男の子たちのことを、たぶん彼らが思っているよりもずっと無邪気に好ましく思っていた。女の子よりも信頼できた。女の子たちはわたしを傷つけたし、徒党を組んで意地悪をした。九歳とか十歳とか十一歳ぐらいのころからずっと、わたしにはつねに男の友だちがいた。でも、その二人の男の子がわたしのことを話していたというのはいい気がしなかった。

当日になっても、その男の子と食事に行く気にはなれなかった。ただひたすら気が重かった。

わたしは怖かった——その男の子が怖かったというより、彼がまったく見知らぬ人だということが怖かった。顔も知らなかった。どこかのレストランで向き合って座り、何も知らない状態で一から始めなければならないのが嫌だった。そんなのは何か不自然だという気がした。それに、例の推薦も胸にのしかかっていた——『彼女、ためしに会ってみろよ』。

でも、もしかしたら理由はほかにもあったのかもしれない。あまりに長いこと自分の家に独りきりでいたから、自分の内側の人ぎらいな領域に閉じこもってしまって、そこから出られなくなっていたのかもしれない。自分が消滅してしまったような気がしていて、そのことに心地よさを感じていたから、無理やりまた存在させられるのが嫌だったのかもしれない。よくわからない。

六時にブザーが鳴った。アパートの下にその子が到着したのよ。わたしは返事をしなかった。またブザーが鳴った。やっぱり返事をしなかった。何度くらいブザーが鳴ったのか、どれくらいのあいだ彼がそれを押しつづけていたのかはわからない。途中でリビングを横切って、バルコニーのほうまで行ってみた。家はアパートの四階だった。通りの反対側の石の階段をおりた先が公園になっていた。晴れた日にバルコニーから見ると、その公園の向こうに街の全景が一マイルほど広がっていて、その先には川が見えた。たしかそのとき、身をかがめるか、四つんばいになるかして、バルコニーの端まで行ったと思う。そして頭を少しだけ出して、下の歩道にいる彼を見たと思う。たしかこちらを見上げていたと思う。それか、通りを渡って反対側から見上げていた。

わたしには気づいていなかった。

覚えているのは、バルコニーか、その手前でしゃがんでいたわたしに、彼の戸惑いが伝わってくるような気がしたことなの。戸惑い、面食らい、失望し、予想もしなかった事態に途方にくれていた――デートのいろいろな成り行きや、起こりうる障害について予想はしていても、デートそのものがないとまでは予想していなかったでしょうね。もしかしたら彼は、その時か、後になってからか、自分は何もまちがっていなかった、わたしのほうがわざとすっぽかしたのだと気づいて、腹を立てたり傷ついたりしたかもしれない。わたしがあんなふうにアパートで独りきりで、不安な落ちつかない気分でこそこそ身を隠していたとは夢にも思わず、誰かと――男友だちか女友だちか――結託して自分をからかったのだと思ったかもしれない。

彼が電話をかけてきたかどうかも、もしかけてきたら自分がそれに出たかどうかもわからない。出て、何か言い訳したかもしれない――具合が悪くなったとか、急に出掛けなければならなくなったとか。それか、彼の声が聞こえた瞬間に切ってしまったかもしれない。そのころのわたしは今とはちがっていろいろなことを避けていた――正面から向き合うことを避け、困難に立ち向かうことを避けていた。それに今とはちがって、嘘もたくさんついていた。

ふしぎなのは、そのことで自分がひどく傷ついてしまったことなの。わたしは人を物のように扱った。そして彼を裏切ったというだけでなく、何かもっと大きな、社会のルールのようなものを裏切ってしまったような気がした。もしも誰かちゃんとした人、自分が会う約束をした誰かが下のドアのところに来たら、ブザーに返事をしないなんていうことは普通はしないでしょう。もっと意外だったのは、その最中にわたしが自分に対して感じたことだった。わたしは誰に対しても何に対しても無責任な振る舞いをして、そのせいでまるで社会の外にはみ出してしまったような、言ってみれば犯罪者のような、あるいは存在すらしていない者のように自分を感じたの。わたしは彼よりももっとひどく、自分自身を抹殺してしまった。それはとても恐ろしい暴力だった」

彼女は考えこむように黙った。雨が降りはじめていたので、私たちはすでに屋内に入っていた。その湖畔のキャンプ客のために用意されたラウンジのような、レクリエーションルームのような場所だった。毎日午後になると雨が降った。数分でやむこともあれば、何時間も降りつづくこともあった。湖の向こうでは白松やトウヒの木々が、灰色の空を背に静まっていた。水は銀色だった。ときどき湖のほとりを泳いでいるのを見かける水鳥が、この日は見えなかった——コガモ、アビなど。室内では暖炉の火が燃えていた。天井からは鹿の角でできたシャンデリアが下がっていた。私たちのいるテーブルは粗《あら》い一枚板の材木で、それをひづめがついたままの鹿の脚が支えていた。テーブルの上には古い銃で作ったランプが載っていた。彼女は湖から目を離し、室内をぐるりと見まわした。「ゆうべアディロンダック山地についての本を読んでいたのだけれど」と彼女が言った。「アディロンダックとはまさにこういう土地だと、その人は書いていたわ。何かを使って何かを作る。それがアディロンダックの流儀だって」

それからひと月ちかくが経ち、私は家に、彼女は都会に戻ったあと、彼女と電話で話をした。あのあと彼女は棚にしまってあった日記帳の一冊を抜き出し、あのとき実際に何が起こったかを記した部分がないか、すみずみまで調べたのだという——もちろん正確には、起こったことというより起こらなかったことについて調べたかったのだけれど、と彼女は言った。ところが、日記のどこにもそのことについて書かれた部分は見あたらなかった。もしかしたら時期をまちがえていたのかもしれないとも、もちろん考えた。本当はもう寄宿学校にはいなかったのかもしれない。すでに大学に行っていたのかもしれない。けれどもけっきょくは、私に話したとおりだったのだと信じることにしたのだという。「でも忘れていたのだけれど、わたし、男の子についてすごくたくさん書いていたの」と彼女は付け加えた。「男の子のことと本のこと。わたしが十六歳のときにこの世でいちばん欲しかったものはね、大きな書庫だったのよ」

帰りのドライブはどうだったのと母に電話で訊かれ、「問題なかったわ《ファイン》」と答える。だがそれは真実ではなく作り話だ。いつでも誰にでも本当のことを言ってはいられないし、誰にでも完璧な真実を話すわけにもいかない。それではあまりに時間がかかりすぎるからだ。

「問題ない《ファイン》」という言葉にはおびただしい量の省略が含まれていて、事実はそれとはほど遠い。長距離ドライブは二人でも難儀なのに、それが三人なのだ。どのみちドライブ前には必ずといっていいほど喧嘩になる。予定どおりに出発できそうにない私、出発が一分でも遅れるのに我慢がならないマック、そこにさらに息子が加わる。いったん出発してしまえばマックもたいてい機嫌を直すのだが、今回はずっと私に当たりつづけた。私が曲がる場所を言うのが遅すぎたり、一度にあれこれ指図しすぎたうえに、ギアを上げろとしつこく言いつづけたせいだ。古い車なのでトランスミッションがやかましい音を立て、正しいギアに入っているかどうかよくわからないのだ。

そのうちに油が焦げたような臭いがしはじめた。何かの宗教の人たちをぎっしり乗せたバンが前を走っていて、どうもそれが怪しかった。やがて道沿いの自動車修理工場を通りかかるとバンはそこに入っていき、臭いはそれきりしなくなってマックの機嫌も少しだけ直った。

とはいえ私たちはまだ山に囲まれた地域を走っていて、息子が来年になったらどの山に登りたいかを延々と話しはじめた。ぼくあの山に登るんだ、と指をさして息子は言う——それからあの山にも。あれなんていう山？　ホワイトフェース？　ぼくホワイトフェース山に登るんだ、それからあっちの山にも。あっちの山にもぼく登るの、あれはなんていう山？　チャールズ？　じゃああの山は？　マンガス？　ファンガス？　マンゴー？　マングース？　あっあれ見て、きっとあれがいちばん高い山だよ、あれなんていう山？

私は地図をあちこちめくって山の名前を探した。息子は矢継ぎ早にまくしたて、九歳にもなって一年坊主のようなはしゃぎぶりで、私は苦にならなかったが、マックはここは観光バスではない、頼むから二人とも静かにしてくれと言った。少しでも常軌を逸したことが起こると苛立《いらだ》つ性分なのだ。

やっとハイウェイに乗ると案の定、私がトイレに行きたくなった。大きなハイウェイに乗ると決まってトイレに行きたくなるのだ。さいわいほどなく休憩所が見つかり、せっかくだからと三人でピクニックテーブルに座って持参のサンドイッチを食べた。ピクニックテーブルは清潔とは言いがたく、何かをこぼした跡や鳥もちのようなものでべたついていた。それでも陽は暖かく、トイレに向かう人の列を眺めてのどかな気持ちになりかけていたところへ、息子がトイレから戻ってくるなりソーダ水を買いたいからお金をくれと言った。息子は自動販売機を見るたびにソーダ水がほしいと言い、そのたびに私はだめだと答えていたので、その時もだめだと答えた。

息子はこれに抗議の意を表明し、ソーダ水を買ってくれないなら車に乗らないと言ってドッグランのほうまで歩いていき、芝生に突き出た太い排気管の上に陰鬱に座りこんだ。すると往々にして私より息子に甘いマックがソーダ水を買ってやろうではないかと言ったので、私は息子を呼んでお金を与え、息子は行ってソーダ水を買って戻ってきた。私はうっかり原材料の表記を読んでカフェインが大量に含まれていることを知ってしまったため、そのことをくどくどと言い、車に戻ってもまだ言いつづけ、気づくと息子はまたふさぎこんでおり、せっかくソーダ水を買った意味がなくなってしまった。だから私は黙って〈ウェット・ワン〉という名前の濡れティッシュで手を拭きはじめたのだが、濡れティッシュには胸が悪くなるような甘いにおいがついており、それが車じゅうに充満したため、他の二人から猛抗議された。

やがてソーダ水のおかげで大人びた気分になった息子が、上機嫌で脚を開いてだらしなく座り、両手をぶらぶらさせはじめた。さらにバイクに乗った男女の一団が時速九十マイルで私たちを追い抜いていくと、車内の雰囲気はいっそう改善された。マックは彼らがスピード違反で捕まればいいと言い、その想像に気を良くしたらしく、私とまで口をききはじめた。次に車を買うとしたらどの車種にしようか、と彼は私に言った。彼がダッジ・キャラバンを候補に挙げると、それまでぼんやりしていた息子が急に活気づいてコルベットがいいと主張した。その三万ドルはどこからもってくるのだとマックが訊くと息子は返答に窮したが、思いついて、このボイジャーはいくらで買ったのかとマックに質問した。七千ドルだとマックが答えると息子は何も言えなくなったが、この車を中古で買ったことを黙っているのはフェアではないと思ったので、公正を期すために私がそのことを指摘すると、当然のことながら息子はコルベットも中古で買おうと言いだした。だが私が車に興味がなかったために、この話題もやがて乗り古され、私はそれまでやっていたこと、すなわち窓の外を眺めることにふたたび専念した。

道の両側の森を道路交通局が伐採し、かわりに木を植えている場所を通った。植えられた木々は葉が茶色くちぢれ、明らかに枯れかけていた。そこで私は森林の乱伐について考えはじめ、そこからさらに個人農場の消滅について考えはじめ、そこから考えはなぜかふたたびカフェインの含有量に舞い戻った。そこで帰省中に新しく名前を覚えた木を見つけることに集中しようとしたものの、それも無理とわかり、窓から吹きこむ風に自分の二の腕の脂肪がぱたぱた揺れるのを、ただ眺めた。

•

おおむねそんな調子でドライブは続いた。とちゅう、私が脚をクモに噛まれたように感じたときがあった。サンドイッチに何か変なものを入れたのではないかとマックが私に疑いをかけたときもあった。息子はハイウェイの通行チケットを丸めて望遠鏡がわりにしてマックに叱られた。だがそれもこれも、路肩に残るかなり派手な事故跡のおかげで沈静化した。

さっきの休憩所では、目につく人々のおよそ五十パーセントが自分たちよりいい休暇を過ごしたように見えた。だが残りの五十パーセントの人々は私たちより悪い休暇を過ごしたように見えたため、私はひとまず満足だった。

家まであと二十分というところで、息子がホリデイ・インに寄って今日はそこに泊まろうと言いだし、だめだと言っても一向に聞き分けなかった。だが、そのあたりで私は気がついた。私たちは家族として互いにある種の連帯で結ばれていて、それはたとえば一人に対して他の二人が同時に腹を立てない、というような形となって表れているのだと——まあ、〈ウェット・ワン〉のようなこともたまにはあるにせよ。

remember 二態

忘れるな、汝はただの塵である。
しかと肝に銘じる所存です。

〈古女房〉と〈仏頂面〉

「やあ、うちの不機嫌屋が来たぞ」〈仏頂面〉が共通の友人に向かって言う。

「うるさい」〈古女房〉は言う。


〈仏頂面〉と〈古女房〉はスクラブル・ゲームをする。〈仏頂面〉がコマを置く。

「10点」と彼は言う。ひどくむかっ腹を立てている。

彼が怒っているのは、最初からずっと〈古女房〉が優勢なのと、彼女がSと無地のコマを全部引き当ててしまったからだ。Sと無地のコマを全部持っていれば誰だって勝てる、と彼は言う。

「裏に印をつけたんだろう」、そう言う。無地のコマには表も裏もない、と彼女は言う。

〈仏頂面〉はそれから彼女がquaという単語を作ったといって怒る。quaというのは英語じゃない、と彼は言う。良識的でなじみのある、自分が作るような単語をお互い作るべきである、たとえば bonnet とか realm とか weave のような。それなのにお前は姑息な手段を弄し、aw だの eh だの fa、ess、ax みたいなものばかりこしらえる。これもみんな言葉です、と彼女は言う。仮にそうだとしても、と彼は言う。そういうのを使うところが根性悪ですっからいというのだ。

〈仏頂面〉はこんどは〈古女房〉が自分の好きな食べ物を何もかも冷凍してしまうと言って怒る。旨そうなスモークハムを買ってきて昼に何枚か食べようとすると、時すでに遅し、彼女が冷凍してしまったあとだ。

「岩みたいにカチンカチンじゃないか」と彼は言う。「だいたい冷凍する必要がどこにある、スモークしてあるのに」

どうせ自分の食べたいものはぜんぶ凍ってしまっているんだから、前の日に彼女に買ってきてやったチョコレートアイスクリームを食べるぐらいいいだろうと彼は考える。だがアイスクリームは消えている。彼女がみんな食べてしまったからだ。

「ゆうべお前がやっていたのはそれか?」と彼は訊く。「あれだけ夜更かしして、やったことといったらアイスクリームを食ったことだけか?」

それはある程度当たっているが、完全に真実というわけでもない。

〈古女房〉が共通の友人たちのために料理を作る。客が帰ったあと、彼女は料理が何もかも失敗だったと〈仏頂面〉に言う。サラダのドレッシングはしょっぱすぎた、チキンは焼きすぎたうえに薄味すぎた、チェリーも硬すぎた、云々。

彼女は彼がそんなことないよと言ってくれることを期待するが、彼は最後まで注意深く耳を傾けたあとで、ヌードルも〝いまひとつ〟だった、とつけ加える。

彼女は言う、「わたしきっと料理の才能がないんだわ」

彼女は彼がそんなことはないよと言ってくれることを期待するが、彼は言う。「まあがんばれよ。誰だって可能性はゼロじゃないんだし」

〈古女房〉が浮かない顔つきでキッチンの椅子に座っている。

「いいか、ライスポットの作り方のコツを教えてやろう」〈仏頂面〉がそう前置きして、彼女に背を向けてシンクの前に立つ。

だがそれが彼女の気に入らない。彼の生徒になる気はないのだ。

ある日の夕食に〈古女房〉はポレンタを作る。皿の上に広がっているそれを見て、〈仏頂面〉は牛のフンのようだと感想を述べる。それからひと口食べてみて、味は見かけほどには悪くない、と言う。べつの日の夕食に、彼女は玄米のキャセロールを作る。〈仏頂面〉は、これも見ばえがあまり良くないと言う。それから塩と胡椒をどっさりかけ、ひと口食べてみて、これもやはり味は見かけほどには悪くない、と言う——ただし良くもないが。

「お前と会ってから」と〈仏頂面〉が言う。「それまでの人生で食べたのの何倍もの豆をおれは食べた。芋と豆。毎晩毎晩、豆と芋と米ばかりだ」

〈古女房〉に言わせれば、それは事実とは異なる。

「なら私と会う前は何を食べていたのよ?」と彼女は言う。

「何も」と〈仏頂面〉は言う。「おれは何も食べなかった」

〈古女房〉はチキンの部位はすべて、レバーや心臓まで好きだが、〈仏頂面〉は胸肉しか好まない。〈古女房〉は皮つきが好きで、〈仏頂面〉は皮がないのを好む。〈古女房〉は野菜とあっさり味を好む。〈仏頂面〉は肉ときついスパイスを好む。〈古女房〉は何でもゆっくり食べるのが好きなので料理を熱々にして出す。〈仏頂面〉は早食いを好むので舌を火傷《やけど》する。


「お前はおれの好きな料理を作ってくれない」〈仏頂面〉はときどき彼女にこぼす。

「あなたがわたしの作るものを好きになるべきよ」と彼女は答える。

「それくらいいいじゃないか。おれの食べたいものを食べさせてくれよ、おれが食べるべきだとお前が考えるものじゃなく」と彼は言う。

なるほどそういう考え方もあるか、と彼女は思う。


〈古女房〉は〈仏頂面〉にストレートな答え方をしてほしいと思う。だが彼女が「お腹は空いている?」と訊くと、彼は「いま七時だ」と答える。彼女が「疲れているの?」と訊くと、彼は「いま十時だ」と答える。彼女があきらめずにもう一度「で、疲れてるの?」と訊くと、彼は

「今日は長い一日だった」と答える。

〈古女房〉は寒い夜には毛布を二枚かけて眠るのを好むが、〈仏頂面〉は毛布三枚のほうが快適だ。〈古女房〉は〈仏頂面〉も二枚で快適であるべきだと考える。それに対して〈仏頂面〉は言う、「きっとお前は寒いのが好きなんだ」

〈古女房〉は買い置きを切らすことに無頓着で、しょっちゅう買い足すのを忘れる。〈仏頂面〉は何でもかんでも必要以上に買いこみたがる。とりわけトイレットペーパーとコーヒーは。

嵐の夜、〈仏頂面〉は〈古女房〉が家の外に締め出した彼の猫の身を気づかう。

「私を気づかいなさいよ」と〈古女房〉が言う。

〈古女房〉は夜のあいだ〈仏頂面〉の猫を家に入れない。猫が寝室のドアを引っかいたりドアの外で悲しげに鳴いたりして目が覚めてしまうからだ。寝室に入れてやると絨毯《じゅうたん》で爪をとぐ。彼女が猫のことで文句を言うと、彼はむきになって怒る。猫にかこつけて自分が文句を言われているような気がするからだ。

友人たちが彼らの家に来ると言うが、けっきょく来ない。落胆のあまり〈仏頂面〉と〈古女房〉は不機嫌になり、喧嘩をはじめる。

べつの日、友人たちが彼らの家に来ると言うが、〈仏頂面〉は自分は留守にするつもりだと〈古女房〉に言う。あいつらはおれの友だちじゃない、というのが理由だ。

彼の嫌いな彼女の友人から電話がかかってくる。

「きみにだよ、エンジェル」台所のカウンターに受話器を置いてから、彼はそう言う。

〈古女房〉と〈仏頂面〉はこれまでに、西海岸、電話、夕食、何時に寝るか、何時に起きるか、旅行の計画、彼女の両親、彼の仕事、彼女の仕事、彼の猫等々をめぐって喧嘩をした。そしてこれまでのところ、安売り品、家の購入、風景、野生動物、町内自治会、地元の図書館をめぐってはまだ喧嘩をしたことがない。

全身赤ずくめの女が狂ったようにぴょんぴょん跳びはねている。〈古女房〉が欲求不満をもてあましているのだ。

〈古女房〉が自分の聞こえないところで友人と話していると、〈仏頂面〉は自分の悪口を言っているのにちがいないと思う。じっさいそのとおりである場合もあるが、彼が苦々しい顔で戸口のところに現れるころには、話題はもうべつのことに移ってしまっている。

六月のある日、〈仏頂面〉と〈古女房〉は夏にそなえて鉢植えをすべて外のデッキに出す。翌週、〈仏頂面〉がそれをすべて家の中に戻して居間の床に並べる。なぜそんなことをするのか彼女には理解できず、抗議してやりたいと思うが、すでに喧嘩をしたあとで互いに口をきかなくなっていたので、黙って見ているよりほかない。

〈仏頂面〉は〈古女房〉よりも金銭に関心があり、金を使うことには慎重だ。安売りの広告を読み、なんでも値下がりするまでは買わない。「お前の金の使い方はなってない」と彼は言う。彼女は反論したいができない。かわりに『収入にみあった暮らし方』という本を古本で買う。

二人はある日、長いことかけて家事の分担表を作る。たとえば二人の夕食は彼女が作るが、彼の昼食は彼が自分で作る、といったぐあいに。それが終わるとちょうど昼どきで、〈古女房〉は空腹を覚える。〈仏頂面〉が自分用に手の込んだツナサラダをこしらえる。〈古女房〉はそれを見て、おいしそうだから少し分けてくれないかと言う。すると彼は怒って言う。それでは自分が二人の昼食を作ってしまったことになって、取り決めに反するではないか。

〈古女房〉は最高の理想の持ち主だけを求めたが、その理想は自分には高すぎた。〈仏頂面〉は最高の女だけを求めたが、彼女は最高の女ではなかった。

〈古女房〉は癇癪《かんしゃく》が治るかもしれないと思い、水をたくさん飲む。それでも癇癪が治らないので、毎日散歩をし、果物をたくさん食べはじめる。

〈古女房〉はこんな記事を読む。片方の機嫌が悪いときには、もう片方は彼女をそっとしておき、機嫌がなおるまでなるべく優しく接してあげましょう。

だが彼女が持ちかけると、〈仏頂面〉は言下に断る。どうせ不機嫌でないのに不機嫌だと主張して、優しくするよう要求するのだろう、と言って。

〈仏頂面〉からたびたび魔女のようだと言われるので、〈古女房〉はハロウィンに魔女の扮装をすることに決める。先のとがった黒の帽子はもう持っているので、さらに衣装を完成させるための小物をいろいろ買い足す。さぞや〈仏頂面〉の気に入るだろうと思うが、彼は、そのゴムの鼻を居間からどけてくれないか、と言う。

〈仏頂面〉が腹を立てている。〈古女房〉がまた自分を批判したからだ。彼は言う、「おれがそこを直しても、お前はべつの何かを見つけて批判するだろう。そしておれがそこも直しても、どうせまたべつの何かが気に食わないんだ」

〈仏頂面〉がまた腹を立てている。また〈古女房〉が彼を批判したからだ。彼はこんどはこう言う、「いっそ酒も飲まないし煙草も吸わない男と結婚すればよかったんだ。ついでに手も足もない男と。それか腕も脚もないか」

〈古女房〉が〈仏頂面〉に気分が悪いと言う。すぐにトイレに行かないと吐きそうだ。二人は喧嘩中だったので、〈仏頂面〉は返事をしない。それでも彼はトイレに行って便器を掃除し、小さな赤いタオルをもってきて、彼女が横になっているベッドの足元に置く。

何週間か経って〈古女房〉は、自分が吐く前に便器を掃除してくれたのは〈仏頂面〉が今までにしてくれたいちばん優しいことの一つだったと彼に言う。彼女はてっきり彼が感動してくれるものと思うが、彼は腹を立てる。

「お前はおれになにか一つでも賛成するっていうことができないのか」と〈仏頂面〉が言う。言われてみればたしかにそうだと〈古女房〉は思う。たいていの場合、彼女は彼に不賛成だ。彼の言っていることにおおむね賛成であるときでも、なにがしかちょっと賛成できない部分がある。

たまに賛成するときも、我ながら動機が不純な気がする。私だってたまには賛成してるじゃない、とあとで言えるようにするためだけに賛成しているふしがあるからだ。

〈古女房〉には〈古女房〉の気に入りの肘掛け椅子があり、〈仏頂面〉には〈仏頂面〉の気に入りの肘掛け椅子がある。〈仏頂面〉が家にいないと〈古女房〉はたまに彼の椅子に座り、彼が読んでいるものを手に取って読んでみる。

〈古女房〉は二人の夜の過ごし方に物足りなさを感じ、散歩をする、手紙を書く、友人と会うといったことをしてみてはどうかと考える。だがそう提案されて〈仏頂面〉は怒りだす。何であれ自分の生活を彼女に差配されることが嫌いなのだ。かくして、彼女の言ったことをめぐって喧嘩するのがその夜の二人の過ごし方となる。

〈仏頂面〉と〈古女房〉はどちらも性交したい気分になるが、彼は映画の前に性交したいと思い、彼女は映画の最中か終わってから性交したいと思う。彼女は映画の前に同意するが、もし前にするのならラジオをつけておきたいと言う。彼はラジオよりテレビのほうがいいと言い、ついでに彼女に眼鏡を取ってくれるよう言う。彼女はテレビについては同意するが、それならテレビに背を向けたいと言う。だが彼女が横向きに寝ているため、彼は彼女の肩がじゃまでテレビを見ることができない。彼女はテレビに背を向けているうえに眼鏡を取っているので、どのみちテレビは見えない。彼は彼女に肩の位置を変えるように言う。

〈古女房〉は、〈仏頂面〉が階下の居間を出て廊下を歩き、二階の寝室に上がってくる足音を聞きつける。彼女は寝室を見まわし、彼を怒らせそうなものを探す。彼の枕の上から足をどけ、ベッドの彼の側から降り、電気をいくつか消し、ドアからベッドまでの道筋にあったスリッパをどけ、簞笥《たんす》の引き出しを閉める。それでもきっと何かを忘れているのだ。彼は部屋に入ってくるなり、シーツが皺《しわ》だらけなことと、隣の部屋のケージの中を走りまわっているハツカネズミのたてる音について文句を言う。

「それなら私も力になるわ」車の中で〈古女房〉は心の底からそう言うが、昨晩あんなことをしてしまったあとで、彼が彼女のことを親切な人間だと思うわけがなかった。〈仏頂面〉はフンと鼻を鳴らすだけだ。

小さな喜びごとがあり、〈古女房〉はそれを〈仏頂面〉に報告する。おめでとうと言ってもらえるものと期待していると、〈仏頂面〉は言う。「どうせそのうち、そんなことでいちいち喜ばなくなるんだろうな、お前は」

「ゆうべは丸太のように眠ったよ」と彼は言う。「そっちは？」

そうね、夜のうちはまあよかったんだけど、と彼女は答える。ただ明け方ごろ体を動かさないようにしていたら、首が痛くなりそうでよく眠れなかったわ。あなたを起こさないようにじっとしていたから、と彼女は付け足す。彼は腹を立てる。

「よく眠れた？」朝おそく上から降りてきた彼に彼女がそう訊ねる。

「いいや」と彼は答える。「一時半ごろ目が覚めた。そっちがまだ起きていたから」

「うそよ。私は一時半までは起きてなかったわ」と彼女が言う。

「じゃあ十二時半だ」

「ゆうべのお前は寝相がわるかったな」朝、〈仏頂面〉が言う。「何度もあっちこっち寝返りをうって」

「非難しないでよ」〈古女房〉が言う。

「非難なんかしていない。事実を述べているだけだ。ゆうべのお前は寝相がわるかった」

「あらそう。わたしの寝相がわるかったのは、あなたがいびきをかいていたからよ」

〈仏頂面〉は怒りだす。「おれはいびきなんかかかない」


〈古女房〉はバスルームの床に寝そべり、折りたたんだタオルに枕を重ねた上に頭を乗せ、バスタオルを体にかけて本を読んでいる。眠れなかったが、〈仏頂面〉を起こしたくなかったのだ。バスルームの床の上でうとうとしだしたのでベッドに戻るが、また目が覚めたのでバスルームに戻り、本の続きを読む。やがて彼女がいなくなったので目が覚めた〈仏頂面〉がドアのところまで来て、彼女に耳栓を差し出す。

〈仏頂面〉はフィッシャー＝ディースカウのバリトンをブレンデルのピアノで聴きたいと思う。だがブレンデルの伴奏によるフィッシャー＝ディースカウは〈古女房〉の鼻唄によっても伴奏されてしまうことが判明したため、〈仏頂面〉は怒ってやめろと言う。

〈古女房〉が家にあるランプの一つについて、好ましからざる論評を加える。これはきっと自分に対する侮辱にちがいないと〈仏頂面〉は考える。いったい自分の何について言っているのだろうかと考えてみるが、わからなかったので、黙っている。


〈仏頂面〉が両手に重い箱を抱えて外に出ようとしたとき、〈古女房〉が何か他のことを思いついてその話をしようとする。

「早くしてくれ、これを持ってるんだから」〈仏頂面〉は言う。

〈古女房〉は何か言おうとするときに急《せ》かされるのを好まない。「それをちょっと下に置いてよ」と彼女は言う。

〈仏頂面〉は足止めをされたり人に命令されるのを好まない。「いいから早く」と彼は言う。

口論の最中、本気なのかはたまた演技なのか、〈仏頂面〉はしばしば〈古女房〉の顔を信じられないといった面持ちでつくづく眺める。「待ってくれ」そう彼は言う。「おいおいちょっと待ってくれ」

さらに口論が進むと、〈古女房〉はしばしば口惜しさのあまり泣きだす。その口惜しさにも涙にも偽りはなかったが、内心〈仏頂面〉が自分に哀れをもよおすことを期待している。〈仏頂面〉は哀れをもよおすどころか、ますます腹を立てて言う。「こんどは泣き落としか！」

〈仏頂面〉は、しばしば何か質問しながら家の中に入ってくる。「これはいったい何だ？　あの植え込みの根元にコーヒー滓《かす》を捨ててるのはお前か？　車のドアをロックしていないのはわざとか？　ガレージの扉が開いているのはなぜなんだ？　あの芝生の水は何だ？　家じゅうの電気が点いているのに理由はあるのか？　ホースがなぜ巻き戻されていない？」

あるいは二階から降りてきて言う。

「これを壊したのは誰だ？　バスマットが一枚もないぞ？　お前のミシンは故障でもしてるの

か？　これはいつこうなった？　台所の天井の染みは見たか？　なぜピアノの上にスポンジがある？」

〈古女房〉が言う、「いちいち批判しないで」

〈仏頂面〉は言う、「批判なんかしていない。事実が知りたいだけだ」

二人のうちのどちらが悪いかについて、二人の意見はしばしば食い違う。彼が彼女の言ったことで気分を害した場合、たしかに彼女に思いやりがなかった可能性はある。だが同時に彼女に悪意はなく、ただ彼が過剰反応しているだけという可能性もある。

たとえば〈仏頂面〉は、女にあれこれ指図されることについて過剰に警戒しすぎているだけかもしれない。だが一概には決められない。〈古女房〉は他人にあれこれ指図しがちな女だからだ。

〈古女房〉が、ドイツ語を勉強しなおそうと思いついて張り切る。そして車を運転するときに「ドイツ語上級」のテープを聴こうと思う、と〈仏頂面〉に話す。

「さぞや気が滅入るだろうな」〈仏頂面〉は言う。

〈仏頂面〉は仕事のことで不機嫌になり、家に帰ってからも〈古女房〉に不機嫌に接する。「そんなに何もかも一度にできるか！」そう彼は言う。

彼女は傷つき腹を立てる。彼に謝罪を要求し、もっと誠実で愛情ある態度を取るべきだと言う。

彼は謝罪はするが、まだ不機嫌なので、誠実でもなく愛情あふれる態度でもない。

彼女はますます腹を立てる。

すると〈仏頂面〉は文句を言う。「おれが怒ると、お前はもっと怒るんだ」


「なにか音楽をかけよう」と〈仏頂面〉が言う。

〈古女房〉はとたんにそわそわしだす。

「軽めのものにしてちょうだい」と彼女は言う。

「どうせ何をかけてもお前は気に入らないんだ」と彼は言う。

「メシアンだけはやめて」と彼女は言う。「いま疲れているから、メシアンはとても無理」

さっき言ったことについて謝ろうとして〈仏頂面〉が居間に入ってくる。だが彼はまずなぜ自分がそれを言ったかを――〈古女房〉にはもう十分わかっているのに――説明しなければ気がすまない。だがしばらく説明するうちに自分の言葉にまた一から腹が立ってきて、彼女を怒らせるようなことを一つ二つ言ってしまい、そしてまた口論が始まる。

なぜ自分たちはこうも反りが合わないのだろうと〈古女房〉はときどき考える。気配りの足りない彼女には、たぶんもっと自分に自信のある男が必要なのだ。そして極端に傷つきやすい彼には、きっともっと心の優しい女が必要なのだ。

二人は中国のおみくじをたくさんもらう。〈仏頂面〉は、彼女の性格が〈敏感かつ有能、分析力に長ける〉というのは、こと彼の過失に関するかぎり当たっていると言う。また〈女の重大な過ちは男のようになりたがるところである〉のもその通りだが、〈あなたの大切な誰かが仲直りをしたがっている〉とか〈彼女は己の魅力と人柄で欲しいものを手に入れる〉などは、少なくとも今のところは、おおむね全部はずれている、と言う。

〈仏頂面〉はたしかに自我の確立した女がいいと思いはしたが、〈古女房〉ほど自我の確立した女をいいと思ったわけではなかった。

〈仏頂面〉が音楽をかける。〈古女房〉は泣きだす。ハイドンのピアノソナタだ。彼女が気に入るだろうと思ってかけたのだ。だが彼がそれをかけて彼女に向かってにっこりすると、彼女は泣きだした。

二人はこんどはシャルパンティエとリュリのことで口論する。おれはお前が家にいるときはシャルパンティエのモテットをかけないようにしている、だってお前が嫌いなのがわかっているから、と彼は言う。

でもまだリュリをかけるじゃない、と彼女が言う。

お前が嫌いなのはシャルパンティエのモテットだろう、と彼が言う。
あの時代ぜんぶが嫌いなの、と彼女は言う。

良かれと思って、彼女は彼の切手箱に切手を入れる。だが彼女の切手は額がまちまちなうえに、雨に濡れてくっついている。二人は切手をめぐって口論し、やがてそれはその口論をめぐる口論になる。彼女は、自分は善意でやったのに彼が無理解なのだと証明しようとする。彼は、彼女が自分のことなどまるで考えていないのだと証明しようとする。だが誰が何をどういう順序で言ったかについての見解が食い違うため、いつまでたっても議論は平行線だ。

〈仏頂面〉はもっと自分のことを考えてほしいと思うが、〈古女房〉はいつも自分のことしか考えていない。むろん彼女ももっと自分のことを考えてほしいと思っていて、〈仏頂面〉としてもこんな状況でなければ彼女のことを考えるのにやぶさかではない。彼女が彼のことをまったく考えないのであれば、彼も彼女のことを考えないまでの話だ。

〈古女房〉が尋常でなく長い時間バスルームから出てこない。やっと出てきた彼女に、〈仏頂面〉は自分に腹でも立てているのかと訊ねる。だが今日に限っては、彼女はただ歯に詰まったラズベリーの種をほじっていただけだった。

サミュエル・ジョンソンが怒っている——

蘇格蘭《スコットランド》には樹というものがまるでない。

新年の誓い

新年にどんな誓いを立てたかと友人のボブに訊くと、彼は肩をすくめ（まあ月並みだよ、というふうに）、酒量を控えて、体重を減らして……と答える。同じ質問を彼からされるものの、私にはまだ答えと呼べるようなものがない。さいきん私はまた禅を、ゆるやかにではあるが勉強しはじめている、年末年始に絶望を、ゆるやかにではあるが感じたからだ。勲章も腐ったトマトもしょせん同じものである、私がいま読んでいる本にはそう書いてある。何日か考えた末、ボブにはこう答えるのがいちばん真実に近いだろうという結論になる——私の新年の誓いは、自分を無だとみなせるようになることです。これなら見劣りしないだろうか。体重を減らしたい彼に、自分を無とみなせるようになりたい私。もっとも、見劣りするしないという考え方は仏教の精神とは相容れない。真の無は対抗心とは無縁なものだ。とはいえ無になりたいと言うときの私の中には対抗心があるようには思えない。その瞬間は純粋に無欲な気持ちでそう言っているのだ。それともそう思いこんでいるだけなのだろうか。そもそも自分を無とみなせるようになりたいと言うことじたい、完全に無欲と言い切れるだろうか。そしてそこにはさらに別の問題もあって、ここ何週間かずっとそれをボブに説明することを考えている。人生も半ばを過ぎれば人は誰しも賢くなって、けっきょくすべては無に帰る、成功すらも無に帰ると思えるようになる。けれども、そもそも自分を何か《サムシング》だとみなすことも満足にできなかった人間が、自分を無《ナッシング》とみなせるようになるものだろうか？　おかしな話だ。人生の前半ではどうにかして自分を何かであるとみなそうとしていたのが、後半では自分は無であるとみなす努力をしなければならないなんて。今まではネガティブな無だった人が、こんどはポジティブな無になろうというのだ。年が明けてからここ数日間、努力はしているものの、なかなかうまくいかない。午前中いっぱいの私はかなり無に近い。だが夕方に近づくにつれ、私の中の何かがだんだんと大きな顔をしはじめる。そうならない日のほうが少ない。夜になるころには私はすでに何かでいっぱいで、しかもそれはしばしば邪悪でがめつい何かだ。そんなわけで最近は、目標の設定が高すぎたのではないかと思いはじめている。たぶん最初から無を目指すのは無理だったのだ。とりあえずは日々、ふだんの自分をちょっとだけ減らす、というあたりから始めるべきなのかもしれない。

いちねんせい・しゅう字のれんしゅう

わたしの　主が　じゅうじかに　かけられた　とき
あなたは　どこに　いましたか？
わたしの　主が　じゅうじかに　かけられた　とき
あなたは　どこに　いましたか？
おお！　そのことを　かんがえると　ときどき
ふるえて　ふるえて　とまらなく　なります。
わたしの　主が　じゅうじかに　かけられた　とき
あなたは　どこに　いましたか？

（めくる）

面白い

私には一人面白い友人がいるが、彼はいま家にいない。

彼らの会話は面白そうだが、私にはわからない言語で話している。

彼らは二人とも面白い人物だと評判で、きっと彼らの会話は面白いにちがいないのだが、私には少ししか理解できない言語で話しているため、私の耳に入るのは「なるほど」とか「日曜日に」とか「あいにく」のような断片だけだ。

その男性はその話題をよく理解しており、それについてたくさんのことを言い、たぶんそれじたいは面白いのだろうが、私には興味のない話題なので面白くない。

知り合いの女性が私のところに来る。とてもはしゃいだ様子だが、彼女は面白い人ではない。彼女がはしゃぐようなことはきっと面白くないだろう。とにかくただもう面白くないのだ。

パーティで、ひどく神経質な様子の男が、いろいろな話題について早口で冴えたことをたくさん言っている。私にはさほど面白くない話題、たとえば歴史的建造物の修復、わけても壁紙の経年などについてなのだが、話しぶりが冴えているのと一分あたりに得られる情報量がとても多いので、いつまでも聞き飽きない。

とても美男のイギリス人の交通工学者がいる。とても美男なうえに潑剌《はつらつ》としていて、英国のアクセントが美しいため、彼が口を開くといかにも何か面白いことを言いそうに見えるのだが、実際には彼が面白かったためしは一度もなく、げんにいまもまた交通パターンについて話している。

いちばん幸せな思い出

あなたが今までに書いたなかでいちばん好きな話はどれかと訊ねられれば、彼女はいつも長いことためらったのち、それはたぶんある本で読んだこんな話です、と答える。中国で英語を教えていた教師が、あなたの人生でいちばん幸せな思い出は何かと中国人の生徒に訊ねた。生徒は長いことためらっていたが、やがて恥ずかしそうにほほえみながら言った。私の妻はかつて北京に旅行をして鴨を食べたことがあり、私によくその時のことを話します。だから私の人生でいちばん幸せな思い出は、妻の旅行と、鴨を食べたことになるんだと思います。

Q　陪審員として召喚されました。
A　前の晩は喧嘩をしていました。
Q
A　家族と。
Q
A　四人です。一人はもう家を出ていますけれど。でもその晩はまだ家にいました。次の日の朝、出ていくことになっていたんです。わたしが裁判所に行くのと同じ朝。
Q
A　四人が四人とも喧嘩していたんです。全方向に。さっきから何とか頭を整理しようとしているんですけれど。四人が喧嘩するとなると、いろんな組み合わせが考えられますよね。一対一とか、二対一とか、三対一とか、二対二とか。でもとにかくその時のわたしたちはありとあらゆる組み合わせで喧嘩していたんだと思います。

Q

A　覚えていません。変ですよね、みんなあんなにカッカしていたのに。

Q

A　とにかく上の息子をバスに乗せて、それから裁判所に行きました。いえそうじゃない。上の子は何時間か家に一人でいたんです、それくらいなら一人にしておいても大丈夫だろうと思って。家の前からバスに乗って行くことになっていましたし。じっさいそれで大丈夫でした、わたしが帰ってきたら彼はもう出ていったあとで。見たところ何も盗まれてはいませんでした。

Q

A　それは話せば長くなります。

Q

A　下の子は学校、夫は仕事に行っていました。裁判所には九時までに行くことになっていました。月曜日でした。

Q

A　わたしは少し遅刻してしまって――駐車するのに手間取ったので。まあ、遅れていたから駐車場がいっぱいだったんですが。他の人たちはもうだいたい揃っていました。わたしの後にも何人か来ました。

Q

A　アップタウンの古くて大きな建物。とても古いんです。ソジャーナ・トゥルースが法廷に立ったのと同じ裁判所で……

Q

A　ソジャーナ・トゥルース。

Q

A　ソジャーナ、です。

Q

A　元奴隷で、一八五〇年代に女性の人権のために闘った女の人です。入口の碑文に書いてありました。文盲だったとも書いてありました。

Q

A　ソジャーナ・トゥルースは、その同じ建物の、たぶんわたしたちがいたのと同じ部屋で証言したんです。でもそういえば、裁判所の人は誰もそのことを言いませんでした。その部屋をつい最近完全に復元したということは言ったんだから、言ってもよさそうなものなのに。じっくり鑑賞してほしいとまで言ったんですよ。よく考えたら不思議です。

Q

A　だってわたしたちに説明をしている最中に、急にその建物のこととか建築のこととかを言いだしたんですよ。まるでわたしたちが義務で来ているんじゃなく、見学ツアーでもしに来たみたいに。

Q

A　古くて大きい図書館の閲覧室みたいでした。あるいは古い鉄道の駅の、大きくて天井の高い待合室とか。ニューヘイブンの駅とか、あともちろんグランド・セントラル駅なんかもそうですけど。

Q

A　本当に木のベンチなんです。教会か古い駅みたいに。でも座り心地はよかったです、意外なことに。

Q

A　百七十五人ほどでした。

Q

Ａ　みんなとても静かでした。本を読んでいる人もいたし、小さい声で話している人もいました、数えるほどでしたけれど。たぶん偶然知り合いどうしだったか、隣の人と何となく世間話をしていたとか、そんなところじゃないでしょうか。

Ｑ

Ａ　いえ、わたしは特に誰とも話はしませんでした。一人、イタリア系のお爺さんが近くに座っていたんです。その人は係の人の説明がぜんぜん理解できていなくて、だから何をすればいいのかわたしが教えてあげました。むかしダウンタウンの服屋街で働いていたと言っていました。仕立屋さんだそうです。

Ｑ

Ａ　ほとんどの人はただ座って、あたりを見まわすか、まっすぐ前を向いていました。みんなとても静かでした。そしてとても緊張もしていました。きっと今にも何かが起こるんじゃないか、何かをするように言われたり、どこかに行くように言われたりするんじゃないかと考えていたんだと思います。わたしがそうでしたから。あのとても高い天井の下で、わたしたちみんなが、とても静かに次に何が起こるかと待ち受けていました。

Ｑ

Ａ　ええと、まず最初に出席をとりました。全員の名前を読みあげるんです。ほぼ全員が来ていました。それから次に何をするかの説明がありました。そして待ちました。

Q　さあ——一時間とか、それくらいだったように思います。

A　何を待っていたのだったかは忘れました。何か裁判官とか裁判にかかわることだったように思います。とにかくやたらと待たされました。

Q

A　一時間ほどしてまた指示がありました。煙草を吸ったりトイレに行ったりしたい人は二十分間外に出てもいいと言われたのだったと思います。わたしはイタリア系のお爺さんに、二十分で戻ってきてくださいよと念を押しました。

Q

A　裁判所の職員とか、係官とか、そんな人たちでした。ちゃんと名乗ったかどうか覚えていません。最初は男の人が来て、その日の大まかな流れと、その週の予定を説明しました。次は女の人でした。それでもこの先何がどうなるのか、本当のところはわかりませんでした。考えると変なんですけど、みんな言われたら何でもそのとおりにしようという気分になっていました。べつの部屋に行って座れと言われれば行って座っただろうし、半分だけべつの部屋に移動しろと言われればそうしただろうし。その人たちをとても信頼していたんです。

Q

A　とても親切でした。とても穏やかで、親切でした。何か言って、下がって、ドアから出ていって、それからまたやって来て、また何か言う、という感じ。紙を見て、それから顔を上げてわたしたちに何か言うんですが、それが集団に向かって言うというより一人ひとりに語りかけているような感じで。それもとてもていねいな態度で。とても心が落ちつきました。まるでこれから悪い報せを伝えなければならないから、できるかぎりわたしたちに優しくしているんじゃないかと思うくらいに。でもわたしたちが彼らに答えることはできなかった。答えは求められていなかったし、答えようとも思いませんでした。

Q

A　そうじゃないです。それについてはわたしも考えました。まず教会を考え、それから断酒会のミーティングを思い、それからオペラとかコンサートを聴きに来たみたいな感じだろうかとも思いました。それか大規模な町民集会《タウンミーティング》とか。でもどれもちがうんです。もっとずっと静かな感じでした。まず第一に、誰も話をしていませんでした。本当に一人もおしゃべりする人はいなかった。してはいけないことになっていたので。それに、みんな何かをしようと思ってそこに来たわけではなかった。精神の高揚を求めて来たわけでも、リハビリ目的で来たわけでもない。それにわたしたちは何もしていなかった。電車を待っていたわけでも、誰かと待ち合わせしていたわけでもなかった。たしかに待機はしていましたが、自分たちが何を待っているのかは知らなかったし、この先何が起こるのかも知らなかった。目の前に真っ白な壁が立っているような状態だったんです。

Q

A　つまり、ふだんだったらその日にどんなことが起こるか、ある程度一日の見通しがつくものですが、目の前に真っ白な壁が立っていて、それができないという感じでした。

Q

A　ええ。でもあまり詳しい説明はなかったし、誰もわざわざ訊ねようとはしませんでした。

Q

A　感情がいっさい伴わなかったんです。教会に行くのには何か感情が伴うし、断酒会とかコンサートだって、何らかの感情が伴いますよね。でも今度のこれは、これ以上ないくらい感情と無縁だった。それであんなに心が安らいだのかもしれません。

Q

A　前の日にひどい喧嘩をしたばかりでしたから。それで一種のセラピー、治療のような感じがしたんです。処方というか。まるで、あれほどひどい喧嘩をした人間はしかるべき場所に出頭して、そこで他の人たちに混じってとても静かに座って、他の人たちもとても静かに座って、全員が完璧に元気を取り戻すまで優しくていねいな扱いを受けるように法律で定められている、そんな感じででした。

Q

A　でもうちはそうなんです。本当にひどい喧嘩。自分でも怖くなるくらい。ペットたちもおびえるし。下の子に悪い影響が出ないか心配です。

Q

A　ええ、他に選択肢はありませんでした。拒否することはできません。法律で行くことが定められていますから。だから行こうか行くまいかと迷う余地はありませんでした。それに、向こうはべつにわたしたちでなくても良かった――つまり、それはわたしたち個人の問題では全然なかった。わたしたちは無作為に選出され、無作為に集められたのです。それにわたしたちは何か悪いことをしたからそこにいるのでもなかった。わたしたちは潔白だった。いえ、ただ潔白だっただけではない。善でした。わたしたちは善良な市民で、善良だからこそ他の市民を裁く役目を任されたのです。わたしたちは法律によって善であると認定されたのです。あんなに深い安らぎを感じたのは、そのせいもあったのかもしれません。感情を伴わず、個人的なことでもなく、にもかかわらず認められたという実感があった。法律が自分を善だとみなしてくれた、すくなくとも必要十分な程度に善だとみなしてくれたんですから。

Q

A　はい。最初に入った横の入口のところで武器を持っていないかチェックされました。正面の旧《ふる》いほうの入口は、今はもう使われていませんでした。真新しい殺風景な通用口から入って、何段か地下におりて、それからエレベーターで二階に上がりました。

Q

A　金属探知機と、あとわたしたちの鞄《かばん》やハンドバッグの中を調べるガードマンが一人いました。その人もとても感じがよくて親切でした。笑顔がとても感じがよくて。〈これより先、武器持ち込み禁止〉とか、そんなような注意書きもありました。それがなにか象徴的で、つまりわたしたちは闘うための道具をすべてそこに置いていかなければならなかったのです。わたしたちは闘うためにそこに入るのではない。あの金属探知機をくぐって中に入った人はみんな、それだけでもう危険ではないとみなされたのです。

Q

A　そう、まるで保留の状態に置かれたような、日常の何もかもが一時停止になって待機状態にあるような、そんな感じでした。じっさい待機しましたし。

Q

A　ええ、「忍耐強い」という言葉はわたしも考えました。でもちがうんです。忍耐というのは緊迫した状況、なにか不快だったり難しかったりするものを耐え忍ぶために必要なものでしょう。でもこれは困難ではなかった。大事なのはそこなんです。わたしたちは義務でそこにいたがゆえに、いっさいの個人的な責任を免除されていた。これは他にはちょっとないことのような気がします。加えて、部屋がとても広々としていたことも無関係ではないかもしれません。もしあれがもっと狭苦しくて天井の低い部屋だったら。あるいはみんなが騒がしくおしゃべりしていたら。係の人たちがだらしなかったり、感じが悪かったりしたら。そうしたら全然ちがっていたでしょう。

Q

A　だいぶ経ってから、女の人がわたしたち全員の名前を入れた円筒をもってやって来ました。彼女がその円筒を回し、中から一度に一人ずつ名前を取り出すと、その人は立っていって陪審員席に座り、そこで質問を受けるのです。いよいよ面白くなってきた——わたしはそんなふうに思いました。

Q

A　いいえ、全員そこに残っていました。質問を受けた人が不適格とみなされたり、役を免除されたりした場合に備えて、残っていなければならなかったのです。無作為ですから、わたしたちの誰もが代わりに呼ばれる可能性があったので、みんなそのまま残っていなければなりませんでした。

Q

A　やはりとても感じがよく、とてもていねいでした。その人たちに呼びかけるときも、医者か看護師のように、優しくファーストネームで呼ぶのです。

Q

A　思いがけない高揚感がそこにはありました。おごそかな、儀式めいた。彼女が名前を読み上げる瞬間の緊迫感――もちろんみんな、次は自分かもしれないと思っている。そして名前を呼ばれると、その人は前に出ていって、みんなが見聞きしている前で個人的な質問に答えなければならないのです。かなりの人数がそこにいました。他の人たちがどこの誰なのか、まったくわかりませんでした。それが、わたしたちが座って聞いている前で、幾人かの人生が少しずつ明かされていくのです。彼らに関する情報が語られ、彼らの身の上が語られる。そうして何人かの名前をわたしたちは知りました。まるでインディアンの儀式、ナバホ族の儀式かなにかのようでした。

Q

A　いくつかは型通りの、よくある質問でした。たとえば仕事はしていますか、職業は何ですか、家族はいますか、のような。それからもっと具体的な質問もありました。運転はしますか？　事故の当事者になったことはありますか？　身内に警察関係者はいますか？　身内に保険業にかかわる人はいますか？　パリセード・パークウェイを知っていますか？

Q

A　11番出口のちょっと北です。

Q

A　長い時間がかかりました。あまりよく聞こえませんでした。

Q

A　とてもおだやかでした。彼らは一人ひとりをファーストネームで呼びました。そしてとちゅう何度も中断がある。質問。中断。一人の弁護士がべつの弁護士と何か相談し、その間わたしたちはじっと待っています、黙って、ひたすらおとなしく。囁くような声、長い静寂、そして固唾《かたず》をのむような雰囲気。

Q

A　そう、だから最初その人たちは特別な存在、〈選ばれし者〉でした。わたしたちの最前線に立つ人たちでした。わたしは彼らの答えを聞いて、それでその人を好きになったり嫌いになったりしました。不動産業者で、離婚していて、冷たくぎすぎすした感じの女の人がいました。しかも陰気。彼女のことは嫌いでした。それから背が高く筋肉質で、芸術家で妻子のある、見るからに感じのいい男性もいました。彼のことは一瞬で好きになりました。ひとり大学生の男の子がいて、これのために授業を何日も休まなければならなくなるのではないかと心配していました。でも、この裁判は短期で終わる予定だし、もしこのまま陪審員を引き受けない場合はもっとたくさんの授業に出られなくなる可能性があると言われ、彼は陪審員として残ることになりました。そしていったん陪審員をつとめることが決まると、彼はその若さゆえにいっそう特別であるように見えてきました——陪審員団に一人だけ子供が混じっているような、年少にもかかわらず裁判の審判を下せるほどの知能をそなえた神童であるかのような、そして他の大人たちが面倒を見てあげなければならないような。しまいにはだんだん彼のことが憎らしく、疎《うと》ましくさえ思えてきました——彼の若さや生意気さ、みんなの面前でやれと言われたことをやりたくないと表明したこと、さらには神童であること、若くて賢くて他の人たちから面倒を見てもらっていること、そういったことすべてが。

その人たち、陪審員席に残った人たちは〈選ばれし者〉でした。そして質疑応答の末に免除された人たち、彼らは免除されるとみんなの見ている前で歩いていってまた自分の席に戻っていくのですが、そのとき彼らは〈選ばれなかった者〉となる、いっさいの特別の威光を失って平凡な人に戻る、彼らはもう特別な存在ではないのです。とはいえ、目に見える理由や事務的な都合で免除された人々は単に平凡なだけでした。けれどもよくわからない理由、おそらくは彼らの経歴や人となりに何か問題があることをうかがわせる理由で免除された人たちは、もはや平凡ですらなく、ある意味不適格者の烙印を押されたのです。それ以外の人たちはただじっと座っていました。

Q

A　いえ、そう多くはありませんでした。三人とか、四人とか。一人の男の人はたしか、無職なのと十一年間運転していないのとで――いえもっと、一九七九年からこっち運転していなかったのです。移動はもっぱら自転車を使っていました。しかもその人は一九七九年に事故に巻きこまれるか起こすかしたということが判明して。訴訟を起こされたものの勝ったそうです。詳しいことまではわかりませんでしたが。

Q

A　その人はダークスーツにネクタイで、誰よりもきちんとした服装をしていました。ただ髪は長くてポニーテールにしていて、あと色つきの眼鏡をかけていました。その眼鏡についても質問されていました。

Q

A　彼が免除されたときは、やっぱりなと思いました。無職でしたし。しかもじつは結婚しておらず、子供もいなかったのです。でも裁判所側は免除の理由まではわざわざ言いませんでした。

自分の席に戻っていくときあの人はどんな気持ちだろう、その日いちにちどんな気分で過ごすのだろう、とわたしは思いました。あんなにきちんとした恰好をしていたところを見ると、きっと陪審員に召喚されたことじたいがとても誇らしかったのでしょう。だとしたら、けっきょく用なしだと言われて、もしかしたら傷ついたり屈辱を感じたりしたのかもしれません。

Q

A　ええ。べつの男の人は甥が警察関係者だという理由で免除されていました。

Q

A　昼休みまでにすべての選出が終わって、それから一時間外に出ていいと言われました。陪審員に選ばれた人は胸に特別なバッジを着けて、他の誰とも話さないように、そしてわたしたちも彼らと話さないようにと言われました。

Q

A　そう。わたしがたまたま入ったカフェに陪審員の女性が一人いて、わたしが彼女にほほえみかけると彼女もこちらにほほえみ返して、向こうはわたしがなぜほほえんだのかわかったようで、いい人そうに見えたけれど、わたしは声をかけませんでした。

Q

A　何人か見ました。たぶん隣の建物から連れてこられたんじゃないかと思います。隣は刑務所で、たぶん地下の通路でつながっていたんじゃないでしょうか。とにかくわたしの記憶では、朝、最初に建物に入って地下でエレベーターを待っていたら、廊下のべつのドアからその人たちが一列に並んで入ってきて、エレベーターの横のドアから階段を上がっていきました。列の先頭に警官が一人、後ろにも警官が一人いました。それからわたしたちが昼休みに外に出て、エレベーターで下に降りて通用口から外に出たときも、その人たちがちょうど降りてきて、地下の廊下の同じドアから出ていきました。そしてわたしたちが昼食から帰ってくると、その人たちもちょうど上に行くところでした。午後、わたしが帰るときには見かけませんでした。法廷にいたんじゃないでしょうか。

Q

A　四人か五人、全員男の人で、オレンジ色のつなぎを着ていました。みんな手錠をはめられて、紙の書類ファイルを体の前にかかえていました。無言で、とてもおとなしそうでした。縦に一列になって歩いていました。手錠のせいで、手と腕の角度、それに書類ファイルの位置まで同じになっていて、そのせいでちょっとショーの振付のように見えました。

Q

A　はい。それを見てますます自分が善である、悪ではないのだという気持ちが強くなりました。世の中には善良な人もいればそうでもない人もいる、とても単純なことなのだ、そう思いました。

世の中には自分の人生を正しく歩んでいる人々がいて、いくつか質問をしてみればそれは証明される。そして世の中には自分の人生を正しく歩んでいない人々もいる。

Q

A　でも、休憩時間にみんなで外に立っているときなどには、他の人たちとのあいだに絆を感じるのです。運命のめぐりあわせで、こうして同じ場所に居合わせているのだ、という。

Q

A　そう。昼休み、みんながいっせいに外に出たとき、何かに似ていると思ったんですが、何なのか思い出せませんでした。でもあとで気がつきました。テントウムシだったんです。よく園芸品店で注文して、何百匹かまとめて届く、害虫退治用のテントウムシ。冬のあいだは冷蔵庫に入れておいて、暖かくなったら庭に放すんです。そのまま庭にとどまってエサを見つけるのもいれば、飛んでいってしまうのもいる。ちょうどそんな感じでした。二百人ちかい人たちが一斉に近隣に放たれる、ほとんどの人にとってはなじみのない場所なわけですが、とにかくわたしたちは何か食べるものを探しに出ていきます。ほとんどは遠くまで行かず、裁判所の近くで食べました。

Q

A　二時になって、やっとわたしたちは帰されました。べつの裁判のためにまた新たな選出が行われる場合に備えて全員が待機していましたが、新たな選出はなかったので、帰っていいことになったのです。わたしたちはその日の午後六時以降に電話を入れるように、そしてその週いっぱいは毎日電話を入れて翌日行く必要があるか確かめるように、と言われました。だからわたしはその週いっぱい毎晩電話をしましたが、もう行く必要はありませんでした。それもまた一つのセラピー、もしくはある種の修練のようでした。もう一度その任を負うための心構えをつねにしていなければならない、そして心構えをきちんとして正しく行動すればその任を免除される、というような。だからわたしは毎晩正しく行動し、そのたびに任を免除されて翌日いちにち家にいることを許されたのです。

Q

A　いえ、そんなことはありません。やれるものならやってみたかったです。やればきっと面白かったでしょう。でもまあ家でやらなければいけないことが山のようにあったのも事実です。

Q

A　はい、それで終わりでした。それ以上は何もやらずにすみました。そして今後二年間は回ってこないことになっています。

Q

A　ええ！

二重否定

人生のある時点で彼女は気づく。自分は子供を持つことを望んでいるのではなく、子供を持たないことを望まない、あるいは子供を持ったことがない状態になるのを望まないのだということに。

古い辞書

私は百二十年ほど前の古い辞書を持っていて、今年やっている仕事のためにそれを引く必要がある。ページはとても大きく、端のあたりが茶色く変色していて脆《もろ》い。ページをめくるときは、破いてしまう危険を冒してめくる。辞書を開くときも、すでに半分以上裂けている背表紙をさらに裂いてしまう危険を冒して開く。だからこの辞書を引く前にはいつも、辞書をさらに傷つけてまでその言葉を調べるべきかどうかをいちいち吟味し決断することになる。この仕事には絶対に必要な辞書である以上、たとえ今日でなくともいつかは傷つけてしまうだろうし、この仕事が終わるころには、仕事の前よりもっと傷《いた》んでいるだろう。ことによると完璧にだめになってしまっているかもしれない。だが今日、棚からこの辞書を出したときにふと気づいた——私はこの辞書を、自分の幼い息子を扱うよりもずっと優しく扱っている。辞書を扱うときはいつも傷つけないようにと細心の注意をはらう。傷つけないことを何よりも第一に考えている。私の息子は私の古い辞書より大切なものであるはずなのに、息子を扱うときには彼を傷つけないことを第一に考えているとは言いがたい。ふだん私が第一に考えるのはもっと他のこと、たとえば息子の宿題が何なのか聞き出す、夕食を食卓に出す、電話を切らせる、等々だ。たとえその過程で息子が傷ついても、それらをやりとげることのほうが私にとっては重要だ。なぜ、せめてあの古い辞書と同じくらいの優しさで息子を扱えないのだろう。もしかしたら、辞書のほうが目に見えてわかりやすく脆いからかもしれない。もしページの端がちぎれれば、それは見まちがえようがない。息子のほうは、背を丸めてゲームに熱中したり犬を乱暴にからかったりしているのを見るかぎり、脆くは見えない。体は見るからに強靭でしなやかで、私などには簡単に傷つけられそうにない。私が青あざをつけたこともあるが、それも治った。たまに心を傷つけてしまったとはっきりわかることもあるが、どれくらい深い傷なのかはさらにわかりにくいし、それも自然と癒《い》えたように見える。完璧に癒えたのか、それともかすかな傷痕がずっとあとまで残るのかはわからない。傷ついた辞書は癒えるということがない。私が辞書を息子より優しく扱うのは、もしかしたら辞書が何も要求せず、口答えもしないからなのかもしれない。私は何の反応もしないものには優しいのかもしれない。だが家の中にある植物はどれもほとんど反応しないのに、私はあまり優しく扱っていない。植物の要求は一つか二つだ。光についての要求は、いまの置き場所ですでに満たされている。二つめの要求は水だ。水はやっているが、まめにとは言いがたい。いくつかの植物はそのせいで育ちが悪く、枯れてしまうこともある。多くはきれいというより奇妙な外見をしている。

いくつかの植物は買ったときにはきれいだったが、私があまり世話をしないせいで今は奇妙な外見をしている。多くは買ってきたときと同じ醜いプラスチックの鉢に植わったままだ。正直たいして好きではない。見た目がきれいでない植物をどうして好きになれるだろう。私は見た目のきれいなものに優しいのだろうか。だが私は見た目を好きでない植物でもちゃんと世話をすることができる。だから息子の見た目がよくなかったり態度が反抗的なときでも、私はちゃんと世話ができてしかるべきだ。犬は植物よりよく動くし要求も多いが、それでも私は植物よりちゃんと世話をする。犬にエサと水をやるのは簡単だ。散歩に連れていくが、十分とは言いがたい。獣医からは頭はけっして叩いてはいけない、いやもしかしたらどこも叩いてはいけないと言われているのに、たまに鼻面を叩く。犬をネグレクトしていないと自信をもって言えるのは犬が寝ているときだけだ。もしかしたら私は命がないもののほうが優しくできるのかもしれない。というか、命がないものなら優しさはそもそも問題にならない。私が注意をはらわなくても相手は傷つかず、そう思うととても安堵する。その安堵はほとんど喜びに近い。もしも何か変化があるとすれば、埃《ほこり》が積もることぐらいだ。だが埃では命ないものはさほど傷つかない。誰かに代わりに埃を払ってもらうこともできる。息子が汚れても、私は彼をきれいにすることができず、人を雇ってきれいにしてもらうこともできない。彼をきれいに保つことは難しく、物を食べさせるのはさらに面倒だ。彼はあまり眠らず、これは私があまりむきになって眠らせようとするせいでもある。植物の要求は二つ、せいぜい三つだ。犬の要求は五つか六つ。犬の場合は、自分がどれだけのものを彼に与え、どれだけのものを与えていないかが明白なので、自分がどれくらい彼の世話をしているかがわかりやすい。息子は物理的な要求のほかにさまざまなことを必要とし、それらは絶えず増殖したり変化したりする。言葉の途中で変化することさえある。彼が何を必要としているか、わかることも多いがわからないこともある。わかっていても与えられないこともある。息子の必要としているものを私が与えないということが、日に何度もある。私が古い辞書のためにしていることの全部とはいかないまでも、いくつかは息子にしてあげてもよさそうなことだ。たとえば私は辞書をゆっくりていねいに優しく扱う。古いものだからと思いやる。敬意をもって接する。使う前には手を止めてよく考える。能力に限界があることを知っている。けっして無理はさせない(たとえば机の上に広げて置くなどというようなことは)。多くの時間、そっとしておく。

仮定法礼讃

純粋に望ましく正しいものの決定に先立ちはするが、取って代わりはしない。

なんてやっかいな

何十年ものあいだ母は私に、あなたはわがままだ、不注意だ、無責任だ、エトセトラだと言いつづけてきた。母はしょっちゅう腹を立てた。反論すると両手で耳をふさいだ。母は私を変えようとありとあらゆることをしたが、何十年たっても私は変わらず、仮に変わったにしても母から「あなたはもうわがままでも、不注意でも、無責任でも、エトセトラでもなくなりました」と言われることは一度もなかったから、本当に変わったかどうかよくわからなかった。今では私が自分に向かってこう言っている、「なぜ相手のことをまず第一に考えないの、なぜ何かするときいつも上の空なの、なぜやるべきことを忘れてしまうの？」私は腹を立てる。母にしんそこ賛成する。私はなんてやっかいな人間なんだろう！　だがそれを母に向かって言うことはできない。なぜなら、そう言いたいと思う私と母のあいだにもう一人の私が立ちはだかっていて、電話で母の言うことを聞きながら、反論してやろうと手ぐすねひいているからだ。

ものわすれ

イーディス・ウォートンについてどう思うか、ですか。
ええと、たしかによく聞く名前ですね。

ある葬儀社への手紙

前略

ひとこと抗議を申し上げたく筆を取りました。私の父が亡くなった二日後、御社のご担当者が私と母との打ち合わせの席で使われた cremains という言葉についてです。

ご担当者にとりたてて不満があったわけではありません。丁寧かつ親身に、配慮をもって接していただきました。高額の骨壺を売りつけられるようなこともありませんでしたし。

ただ、その方の口から出た cremains という言葉には心底驚き、そして不快を感じました。「火葬」cremation と「遺体」remains を合体させたこの言葉、おそらくは葬儀業界の造語でしょうから、みなさんはきっと慣れておいでなのでしょう。しかしながら一般人の私どもは、そうたびたび耳にする機会のない言葉です。家族や親しい友人を亡くすという経験は人生に何度もあることではありませんし、よほど運が悪くないかぎり、何年かに一度あるかないかです。そして家族や親しい友人の死後の始末を話し合う機会となると、なおさらまれです。
父が亡くなる前までは、たしかご担当者は父を指すのに「愛するご家族《ラブド・ワン》」という言葉を使っておいでででした。私どもの父への愛情は複雑なものではありましたが、それでもその呼び方には心が慰められました。

ところが私どもが居間で涙をこらえているところに――そのとき私たちは疲れはてておりました、まず父に夜通し付き添うのに疲れ、次に臨終の床で父が苦しんでいないか気づかうのに疲れ、それから死後の父の魂がちゃんと天国に行けたかどうか心配するのに疲れ――その私たちに向かって、ソファに向かいあわせで座ったご担当者は父のことをcremainsと呼んだのです。

最初は何のことかわかりませんでした。意味がわかると、今度は正直腹が立ちました。cremains。なんだかコーヒーに入れる生クリームの代用品みたいな響きです、〈クレモラ〉とか〈コーヒーメイト〉みたいな。あるいはレトルトのクリームシチュー。

言葉を生業《なりわい》とする人間として言わせてもらうなら、二つの言葉をくっつけた造語というのは、〈ポータ・ポッティ〉しかり〈プーパー・スクーパー〉しかり、*陽気な、ほとんど浮かれたような語感になることを免れません。cremainsという言葉を発明したとき、よもやみなさんはそういうことを意図なさったわけではないでしょう。故人となった(そしていまやcremains呼ばわりされている)私の父も、生前は大学で英語の教師をしておりました。父が存命ならばきっと

〈ポータ・ポッティ〉は頭韻で〈プーパー・スクーパー〉は脚韻であると指摘したことでしょう。さらにはcremainsは「ブランチ」brunchと同じカテゴリに属する言葉で、「混成語」と呼ばれるものであることについても説明したにちがいありません。

新しい言葉を作るのが悪いと言っているわけではありません。とりわけビジネスの場ではそういうことも大切なのでしょう。しかしながら、悲しみにくれる遺族にこの仕打ちはあんまりです。愛する者がいなくなってしまったことにもまだ慣れていないのです。今までどおり「灰《アッシュ》」という言葉を使ってはいただけませんか。聖書で慣れ親しんだ言葉ですし、聞くと何かほっとします。意味だって間違えようがありません。その灰が暖炉の灰とは違うことぐらい、言われなくたってわかりますし。

草々

＊〈ポータ・ポッティ〉PortaPottiは持ち運び式トイレの商品名、〈プーパー・スクーパー〉pooper scooperは犬の糞をすくう特殊なスコップの総称。

甲状腺日記

私のかかっている歯科医の妻が大学を卒業するので、そのお祝いのパーティに今夜夫婦で招《よ》ばれている。私が歯科医に歯を治療してもらっているここ何年かのあいだに、妻のほうはこつこつと単位を取得していたのだ。彼女は毎学期いろいろな科目を取っていて、そのうちの一つが私の夫の油絵の授業だった。夫はその大学で絵を教えている。個人指導形式の授業だった。彼女はガーデニングに熱心で、描くのもほとんどが自分で育てた花の絵だ。庭の花についての文章も自分で書いて、それを絵に添える。夫によると、卒業式の日に芸術学科の校舎に飾られていた彼女の絵が一枚盗まれたそうだ。おそらく学生か、学生の父兄が盗んだのだろうと夫は言う。

彼女が学位まで取得していたことを、私はその大学で事務をしている彼女の友人の女性からパーティに招待されるまで知らなかった。招待状が届いてから数日して同じ女性からまたパーティの案内が届いたが、日付がちがっていた。きっと何かのまちがいだろうと思った。けれどもじつはパーティは二つあって、私たちは両方に招かれていたのだ。

そうなると、私の長期にわたる大がかりな歯の治療が、歯科医の妻が大学を卒業するほんの二か月前に終わった理由を勘ぐりたくなる。歯科医からもうこれ以上は治療の必要がないと言われたけれど、私に言わせれば少なくともあと二つはかぶせものをしてもらう必要があった。人生で今ほど歯の治療が必要だったことはないと言ってもいいくらいだった。

それでなくとも前々から、ここにはなんだか複雑な金銭の流れが生じているような気がしていた。私が歯科医にお金を払うと、歯科医はたぶんそのお金を大学の授業料用に妻に渡し、妻は大学にそのお金を払い、大学は彼女への個人指導の賃金を私の夫に払い、私の夫が歯の治療費用に私にお金を渡し、私は歯科医にお金を払い、歯科医は妻にお金を渡し、それが延々くり返される。これならいっそ全員が全員に払うのをやめてしまっても同じではないかと思うが、たぶんそういうわけにはいかないのだろう。

この春、私の歯科医が——彼も妻と同じく園芸が趣味だが、育てるのは野菜やブドウ、それにリンゴの木も何本か持っている——彼が私の夫にある提案をもちかけたせいで、金の流れはますますややこしくなった。野菜の苗はまとめて買ったほうが経済的だから、二人で共同購入してシェアしないかというのだ。トマト二種類とタマネギ、それにパプリカを歯科医は提案してきた。夫は考えた末に承知した。ふだんの夫は人と協力して何かをするのを好まないが、いっぽうで金の節約は夫の趣味でもある。それに自分に好意と信頼を示されたことがうれしくもあったのだ。

今夜これから行くパーティは、川向こうの小さな町の、例の女性事務員の家で開かれる。けれどもそう言ったそばから、自分が勘ちがいをしていたことに気がついた。今日のパーティは歯科医の妻の卒業祝いではなく、もう一つのほうだった。事務員の女性の甥が長い航海に出るので、壮行会をやるのだ。もう何年も陸で暮らしたり海の上で暮らしたりを繰り返していたが、いよいよ家を売って、陸に恋人を残したままヨットの上で暮らすことに決めたのだ。これを忘れるとは我ながらどうかしている。今日の昼食時に、餞別《せんべつ》に何を贈ろうかと夫と話し合ったばかりなのに。案は三つあった。リチャード・ヘンリー・デーナの『二年間の航海』か、夫がどこかで見かけたロープの結び方の本、それかワイン。夫は上等のブランデーという案も出したけれど、それだと彼がヨットの上で独りぼっちで飲むのを奨励することになると私は言った。

もしかしたら私のこうした勘ちがいは、甲状腺機能の低下から来ているのかもしれない。思考力の低下は甲状腺機能低下の症状の一つだが、自分の頭の働きが前よりも鈍くなったのかどうかはわからない。自分の頭のよしあしは自分の脳でしか測れないから、客観的に判断できないのだ。たとえ鈍くなっているとしても、脳は今の自分の状態が適正だと思っているから、そのことに気がつかない可能性がある。

それに脳の連絡がうまくいかないことなら以前からたびたびあった。頭にもやがかかったようだったり、物忘れをしたり、ここが自分の家、自分の町でないような——自分や自分の周囲がふだんとちがうと感じるのは、今に始まったことではない。

医者から症状の説明を聞きながら、私はメモをとった。一度か二度は話を途中でさえぎって、今のところをもう一度言ってほしいと頼んで書き留めた。このほうが忘れないので、と彼女に説明した。甲状腺機能がもっと活発ならばその必要もなかったでしょうね、と彼女は言った。私は少しむっとしたが、言い返さなかった。医療系のハウツー本では医者と面談する際はメモを取るようにと書いてあるんですとは言わなかったし、そもそも私は何でもメモを取るのが癖なんです、電話をしているときはことにそうだし、他愛のない会話の中で覚えておく必要のない情報を聞いているときでもそうなんです、とも言わなかった。私は自分が相手に言った言葉をメモしたりもする。自分がたった今言った言葉、たとえば〈いい人〉とか〈責任〉などという言葉をメモしたりする。家族の名前や自分の電話番号をメモすることもある。

ある晩、家族でボードゲームをしていて、次が誰の番だか何度も忘れたり、自分のコマがボード上のどこにあるのか忘れたりしたことがあった。あれももしかしたら甲状腺機能の低下のせいだったのかもしれない。

それまではどんな病気も食餌療法中心の対処法で解決できると信じていたので、甲状腺のことなど気に病んでいないつもりだった。けれども一週間前に医者から電話をもらって以来よく眠れないところを見ると、じつはけっこう気に病んでいたのかもしれない。けれどこの不眠ももしかしたら甲状腺機能の低下のせいなのかもしれない。

私が「医者」と言うと、夫はかならず横からあれは医者ではない、「医療助手」だと訂正してくる。だから彼女の言っていることは信用ならないと言わんばかりだ。夫はそれで私を私の病気と彼女から守ってくれているつもりなのだ。けれども私からすれば彼女はよく気がつくし優秀なので、信頼している。いつでも食餌療法に取りかかれるように、いまの私は夕食に野菜しか食べていない。人間の体は正しい食事と正しい処置さえすればどんな不具合も自分で治せると根っから信じているのだ。今週中にあといくつか検査が残っているけれど、それが終わったらどういう方針にするか決めるつもりだ。どんな食餌療法を選ぶにしてもアルコールは飲むべきでないのだろうけど、すでに今夜のパーティについては例外にするつもりでいる。

私の医療助手によると、甲状腺は体のあらゆる部分を支配しているのだそうだ——脳はもちろんのこと、心臓、消化、代謝、循環、その他にも何かあったかもしれないが忘れた。甲状腺の機能が著しく低下すると、あらゆるものが緩慢になる。私は心拍数が遅く、消化も遅く、ひょっとすると頭の回転も遅く、体温も低いので手足が冷たい。心拍数はたまに五十を切ることがある。以前は甲状腺の役割など知りもしなかった。でも今ではそれがとても大切で、ずっと働きが悪いままだと最後には死んでしまうものなのだと——もちろん人間いつかは死ぬのだけれど——知った。今まで甲状腺などという耳慣れない臓器を自分に結びつけて考えたことはなかったから、自分の体が急に見知らぬものになったような、自分が他人になったような気がした。

自分の病気について前よりもくわしくなった今は、人間の体はどんな病気も自分で治せるとは思わなくなった。いや、今でも原則的にはそう思っているものの、こんどに限っては自分の体だけでは治せないと思うようになった。これはくわしいことがまだわかっていない自己免疫系の病気なのだ。ハシモト病、というのが病気の名前なのだが、夫はいつもクラサワ病とかナガサキ病と言う。

今はもう船乗りの彼のための一つめのパーティに行き、二つめの歯科医の妻のパーティにも行ったあとだ。同じ家で開かれたのに、二つはずいぶん雰囲気がちがっていた。多年草の花壇に咲いている花もちがっていた。最初のパーティは船乗りの壮行会らしく、くだけた感じの集まりだった。近所の人たちがふだん着のまま、玄関ではなく森のほうから直接庭に入ってきた。二つめのほうはケータリングのオードブルがトレイに並び、制服姿の女性が給仕をしていた。そのパーティで、卒業式のときに盗まれた歯科医の妻の絵は一枚ではなく二枚だったことを知った。絵は思っていたよりもずっと小さかったことも知った。事務員女性の家の壁に、同じシリーズの絵が一枚かかっていたからだ。ポケットやハンドバッグにすっぽり入る小ささだった。歯科医は網戸を張ったポーチの籐椅子に座っていた。診察室ではなくこういう場所で会うことを変だと感じたわけではなかったけれど、この人には私の歯、とりわけ左上の門歯の状態を熟知されているのだと思うと、他のみんなにしたようなにこやかな笑みを向けることはできなかった。

事務員女性の家の庭の向こうには小さな川が流れていて、その手前にウンリュウヤナギが一本立っていた。最初のパーティのとき、もって帰って挿《さ》し木するようにと彼女が若枝を一本切ってくれた。私はそれをもって帰るのを忘れた。二度めのとき、さらに何本かをもらって帰ったけれど、私はそれを水を張ったバケツに挿したままガレージに置きっぱなしにして何日も忘れていた。友人にそれをあげると言ったのにあげるのを忘れ、そのうちにバケツの水が干上がってしおれてしまった。

私はオールバニーの専門医のところにも何度か通っているが、夫はそんなに何度も行くのは無駄だと言う。夫に言わせると、専門医は血液検査の結果を見て数字を読めば判断がつくはずなのに、わざわざ他の医者のように外来で患者を取るのは金もうけのためなのだそうだ。でも私の友人は「甲状腺に関しては、医者は患者を自分の目で見たがるものだよ」と言っていた。どの友人だったかは忘れてしまった。

それにしては、この専門医は私のほうを見るのを避けているようだった。すくなくとも最初に診察室に入ってきたときは私のほうを見ず、かわりにカルテを見ていた。しばらくしてやっと私を見たときは、首を片方にかすかに傾け、何かひとりほくそ笑むような淡い笑みを顔に浮かべて、その様子が人なつこいと言えなくもなかった。けれども彼が初めて私を見たのは診察結果を告げる段になってからで、それはもうカルテの数字を読んだ段階で決まっていたことだった。

いっぽう夫はトマトの苗のことで悩んでいる。歯科医は夫に丈夫で育ちのいい、ピート鉢にきれいに植わった苗を四つか五つくれていて、どれも順調に育っている。お返しに夫もちがう品種のものを四、五鉢あげる約束になっているのだけれど、届いた苗は大半が枯れかかっていた。二つはまあまあ元気がよかったが、何個かは完全に枯れ、残りも枯れてはいないものの、育ちそうな気配が見えなかった。夫は元気な苗を二つとも歯科医に渡すのを渋っている。といってひょろひょろで弱ったのを渡すのもいやだ。夫は手をこまねき、時間は刻々過ぎてゆくが、育ちのわるい苗はいっこうに育ちがよくならない。

私は自分の頭の回転が前よりも鈍くなっただろうかとずっと考えつづけている。たとえば翻訳をしているときなど、たまに元のフランス語の意味がわかっていないうちからそれに対応する英語を考えようとしていることがある。それからフランス語の意味がわかっていないことに気づき、何度考えてもわからず、段落のあちこちにぼんやり目を這わせて意味がおのずと明らかになるのを待ち、じっさいそれでうまくいくこともある。けれども今日はそうはならず、そうするうちに頭がちがうことを考えはじめてしまう。それからまた文章に戻り、もう一度辞書を引き、ひどく長い項目を最初から最後までしらみつぶしに読むが、助けになるようなことは書かれていない。それでも私は何か言葉を置くことにしている、何でもいい、とにかく翻訳を先に進めておいて、あとで戻ってきて考え直すときの目印になるような何らかの言葉を。その場合、見直したときに問題箇所であることがすぐにわかるように、明らかにまちがった言葉を置く必要があるのだが、思いつくのはどれも冴えない言葉ばかりで恥ずかしくなる。べつに誰かに見られるわけではないのだから恥ずかしがることはないのだが、それでも恥ずかしくて、まちがっているなりにふさわしい言葉を思いつくまでは先に進めない。けれども今朝はすくなくとも、「恥ずかしい」という言葉を使うべきかどうか確かめるために辞書をじっくり引いたおかげで、embarrassment（恥）という言葉が、もともとはより狭義に「障害物」や「邪魔」を意味していたということを知ることができた。

ところがその後、電話をかけてきた知らない誰か（病院からだった）に、「あら、まだお休みでしたか。あとでお目覚めになってから電話いただけますか？」と言われる、というできごとがあった。朝六時に起きてすでに一時間も仕事をしたあとだったというのにだ。腹は立たなかったけれど、ちょっと不安になった。自分ではそれほどひどく眠いつもりはなかったのに、どうやら電話での私はひどく眠そうに聞こえたらしい。ということは、頭があまり働いていないのに、頭があまり働いていないという自覚がないまま今のこの翻訳、非常に重要な翻訳の仕事をしていることになり、とすると翻訳があまり良くないのに、自分ではそのことに気がついていないのかもしれない。そしてもしこの翻訳があまり良くないとなると――それは本当にかなり問題だ、なにしろ今後の収入がそれにかかっているのだから。

でももしかしたら、その病院の受付係だか看護師だかが眠そうだと感じたものは実はべつのものので、医療関係のプロに対して私が前よりもぞんざいな態度を取るようになったせいなのかもしれない。以前の私は医療関係のプロをとても尊敬していたし、ほんのすこし恐れてもいた。でも最近は、相手が男性ならからかいたくなり、女性なら冗談を言いたくなる。もっと言うなら、男にも女にも冗談を言うが、男の人にはより露骨に冗談を言いたくなる。

最初にそのことを自覚したのは何年か前、口腔外科医にかかったときのことだった。その医者のことが好きだったし尊敬もしていたけれど、あるときからなぜか彼に対して率直で礼儀正しい態度を取れず、何かしら冗談を言わずにはいられなくなった。ショックだった。子供のときからずっと医療関係のプロフェッショナルには敬意を抱いていたし、内心そうは思っていない相手に対しても、すくなくとも表面上は敬意をもって接していたからだ。冗談は、まるで瞬間的に誰かに意識を乗っ取られたみたいに勝手に口をついて出た。たとえば診察室に頭蓋骨が置いてあるのを見て、どうにもありきたりな冗談を――〝元は患者さんだったんでしょうね〟――言ったことがあった。彼はぎょっとした顔をしたが、受け流した。べつの時には、歯茎にひどく痛く長い注射をされている最中に、彼の人さし指を思いきり噛んでしまった。これは冗談ではなかったし、わざとしたわけでもなかった。助手の女性二人は驚きながらも笑った。医者は痛そうに顔をしかめて指を振ったけれど、すこしも取り乱さず、たまにあることとです、神経の反射ですよと言った。今かかっている医者、正確には医療助手の彼女にも、薬に依存するようになっては困るのであまり薬は飲みたくないと言って、ちょっと嫌な顔をされたことがある。だって、もし甲状腺の薬をもたずにジャングルで迷子になったらどうすればいいの、と私は言った。私は自分がいつかジャングルで迷子になるにちがいないと昔から信じているところがあるのだ——最近ではもうジャングルとは呼ばないらしいし、どちらにせよ地球上から消えつつあるので「ジャングル」という言葉はもはや単なる観念にすぎなくなっているのだけれど。彼女は言った、だいじょうぶ、きっと薬が切れて困る前にジャングルから出られますから。

けれどもつい最近、状況がやや緊迫しているために医者をからかう気すらおきなかったことがあった。若い医者だったが、判断の速さと腕の良さがすばらしかったし、私は痛みのせいで口もきけなかった。私は指をひどく腫らしていて、爪の圧迫をやわらげる必要があった。医者は、昔ながらのやり方ですがこれが一番いいんです、と言って、ロウソクと大きいゼムクリップを使って処置をした。

今朝の電話の病院受付係だか看護師だかが私のことを〝まだお休み〟だと思ったのは、私が自分の甲状腺の薬の名前も量もきちんと言えなかったせいだ。けれどそういう情報に無頓着なのは、私が医療関係の仕事に対して斜に構えてしまうのと、そういう態度を隠そうともしないせいだった。とくに彼女個人に失礼な態度をとるつもりはなかった。でも彼女にそう言われたあと、機能低下を疑わせるできごとにさらに二つ出くわした。まず不動産業者に電話をかけたところ、相手はさいしょ私を同業者だと勘ちがいした。なぜそう思ったんですかと私はたずねてみた。彼女は言葉を濁したが、もしかしたら私の話し方の覇気のなさ、それか声の冷たいトーンがそう思わせたのかもしれない。さらにその同じ日に夫と電話で話したとき、私の話があまりにとっちらかっていて矛盾だらけでしかも長ったらしいので、彼が今ちょうど読んでいる訴訟摘要書にそっくりだと言われてしまった。保険会社の不実表示をめぐって起こされた集団訴訟に関する、五十ページにおよぶ記録だそうだ。

夫はトマトの苗の問題をどうするべきか数週間考えあぐねた末に、歯科医には苗はすべて育ちが悪くてあげられないと（一部本当ではないものの）言うことに決めた、と私に言った。ところがそれから何時間もたたないうちに、やっぱりやめにしたと言った。浸透ホースを修繕して、もう少し何とかしてみることにしたのだそうだ。

いっぽう私は、自分の脳はきちんと動いていて、ただいつもより少し速度が遅いだけなのかもしれない、と考えはじめている。仕事の質は良いけれども、それを良くするためにいつもより時間がかかっているだけなのかもしれない。あるいは、いま服《の》んでいる甲状腺のサプリの量を前に増やしてもらったけれどあまり効果がなかったので、それをさらに適量まで増やしてもらえば、翻訳の最終仕上げに入るころまでにはまた頭が鋭く速く動くようになっているかもしれない。そこでふと思ったのだが、そうなるまでのあいだに私の脳が甲状腺ホルモンの助けなしに必死にがんばった結果、もしかすると脳細胞の数が増えるとかして、この病気になる前よりもむしろもっと賢くなるのではないかしら。だが脳の詳しいことについてはよく知らないので、本当にそんなことがあるのかどうかはわからない。

あるいは、仕事の速度を上げて質の良くない仕事をすることもあれば、ゆっくりやるかわりに質のいいものができることもあり、要はどちらを選ぶか、つまりゆっくりやって良い仕事をするか、急いでやって駄目な仕事をするかの問題なのかもしれない。だが考えてみたら翻訳は常にその二つの選択を迫られるものだから、正確にはこう言うべきなのかもしれない。さらにゆっくりやってまずまず質のいい仕事をするか、それとももっと速くやって本当に駄目な仕事をするか。

でもこの先サプリの量を徐々に増やしていくと、うまくいけば何か月か後にはスピードが速く、しかもまずまず良い・あるいはとても良い仕事ができるようになっているかもしれない。心臓に負担がかかるので、一度に増やすことはできないのだ。

最初はこう思ったものだった、甲状腺ホルモンが足りていないのに脳がこれだけよく働いているんだから、甲状腺ホルモンの量が足りてしまった日にはどれだけすばらしくよく脳が働くようになるだろう！　でもその考えはだんだんと怪しくなってきた。今のこのよく働いている脳の状態は、ホルモンの足りていない当の脳からよく見えているだけで、その脳はまるきり見当ちがいをしているかもしれないからだ。

さらに最近あらたな疑問も浮上した。このところ自分の物の考え方が悲観的な方向に傾きがちなのは世の中が悪いせいなのだろうか、世の中が取り返しのつかないほどどんどん悪くなりつつあり、それで私は不安になっているのだろうか。それともこれは単に私の甲状腺ホルモンの量の不足によるもので、世の中はそれほど恐ろしいことにはなっていなくて、ただ私にだけそう見えているのだろうか。だから私は〝あなたは甲状腺ホルモンが不足しているのだ、もっと世界は良いところだという信念をもちなさい〟と自分に言い聞かせるだけでいいのだろうか。

でもこれは頭脳にとって何という屈辱だろう。たかが体内の化学物質ひとつに、私にとっていちばん重要な思考の方向性が左右されるのだ。化学物質の量のようなちっぽけなものによって方向性を決められてしまうとは、偉大なる脳にとって何という屈辱だろう。いっぽうでこうも思う、いやこれは屈辱なんかではない、これを屈辱ではなくまったくべつの神秘のシステムの一環と捉えてみたらどうだろう。これをあえて一つの興味深いシステムの一部と考えてみることもできるのではないか。さらに思う、そうだ、そして愚かな肉体に対してそんなふうに考えられるということこそ、偉大な脳の寛容さに他ならないのだ。でももちろん、その脳の寛容さも肉体の化学反応によってもたらされているだけなのかもしれない。

さいきん私はまた歯石除去と定期チェックをしてもらいに歯科医のところに行ったのだが、そのとき一本の歯の詰め物に大きなひびが入っているのが見つかって、ここは本当はかぶせものをするべきだと言われた。いずれこうなるのは何年も前からわかっていた、と言われた。あまり大ごとになるのは嫌だ、先延ばしにしてもらえないかと私が言うと、それなら大して長持ちする保証はないが、接着充塡剤で処置をしようと歯科医は言った。彼があっさり引き下がったのはやや意外だった。やる気を失ってしまったのだろうか、それとも私の歯を可能な限り徹底的かつ完璧に治すべしという、私の歴代の歯科医がすべて抱いていた信念を放棄してしまったのだろうか。それに彼はなぜだかトマトの苗のことについても、自分の畑の野菜や収穫についてもいっさい触れなかった。その代わりに休日はどこも混雑していることについてや、合衆国が十九世紀に西に向かって拡大していったことなどについて話した。彼の祖父は西部開拓の時代を実際に知っていて、よく当時のことを話してくれたそうだ。大昔だと思っていても、じつは意外と最近のことなんですよ、と彼は言った。

治療を終えて受付まで戻り、支払いを済ませ、ノベルティの鉛筆が入った箱から一本取るあいだもその話は続いた。こう急激に人口が増えるのでは、と歯科医は言った。一度死んだらもう生まれ変わるのはごめんこうむりたいですよ。私は、そうですね、私も生まれ変わりたくはないですね、すくなくとも人間には、と言ってから、もし生まれ変わるのならつぎはゴキブリが無難かもしれませんね、と持論を付け加えた。聞いていた受付の人と歯科衛生士はぎょっとした顔をした。

秋の新学期が始まって、二つのパーティを開いた例の女性は今はもう大学の事務局に戻っている。毎日のように、彼女が全教職員あてに送付する通知を目にする。彼女は非常に頭の回転が速くユーモアもあり、高い教育を受け、経歴もユニークなのに、通知はつとめて無個性でごくごく実務的な調子で書かれている。空《から》の段ボール箱を希望者に譲る件であれ、大学構内に出没する野良猫の件であれ、毎度おなじみのコピー機の使いすぎの件であれ、それは変わらない。それでもたまに、事務局に誰かが置き忘れた詩の一ページについての通知や、文書の修辞学的なバランスのよさや、criterion（規範）などという言葉の使い方に、鋭い知性がかいま見えるときがある。

歯科医の妻は学位を取ってしまったので、もう私の夫の生徒ではなくなったが、いま彼女が何をしているのか、夫か誰かから訊いた気がするけれど、忘れてしまった。

わが家では菜園でとれたトマトを食べているが、出来は例年に比べて悪い。ウッドチャックがフェンスの下に穴を掘って畑の中まで出てきて、トマトが赤くなるそばから食べてしまうからだ。夫が穴の上に重い石をのせるが、何度やっても夜のうちにどけられてしまう。

もうおしまいだ、と私は思った。もうこれで歯科医から今年の収穫の話を聞くこともないだろう。何とはなしに気まずくなってしまったと思った。ところが先週、三か月ごとの歯石除去に行った夫がタマネギを一袋ぶら下げて帰ってきて、例の件は暗黙のうちにうまく解決したと言った。歯科医と夫とで、今年は大事なときに長く日照りが続いたりしてトマトにとってはあいにくな夏だった、というようなことを語り合ったのだという。歯科医のほうの野菜も不出来だったのだそうだ。そして昨日、私の歯に接着充塡剤を詰めながら、歯科医はグレープジェリーを手作りしているという話をした。どうやらわだかまりはないようで、ほっとしている。歯科医のくれたタマネギは小ぶりで新鮮でつやつやしている。食べたときにタマネギが際立つような料理法を何か考えるつもりだ。

このところ、心臓の鼓動が前よりは速くなってきたような気がする。頭の動きは以前より遅くなったかもしれないけれど、それでも私はここ数か月のうちに新しいことを知り、しかもそれらをまだ忘れずにいる。船乗りの彼にけっきょく何を贈ったのかは忘れてしまったし、他にも忘れたという自覚のあるものがいくつかあり、それ以外にもきっと忘れてしまったことはあるだろうけれど、いっぽうではembarrassmentという語の来歴について知り、その他いくつかの言葉の語源も知り、ウンリュウヤナギについて教えられ、「接着充塡材」という用語を知り、他にもたくさんの言葉の定義、たとえばflenseという動詞の語義は〝鯨ヲ解体スルコト〟であるとか、形容詞nextはnigh（近い）の最上級である、というようなことについて辞書で知った。自分が慣れ親しんでいる分野でも新しい用語を二つ知った――音楽では「アルベルティ・バス」、それに英文法では「オクスフォード・コンマ」。アメリカ合衆国の西方拡大についてもあらためて考えた。dead soldiers（死んだ兵隊）という表現を二日間で二度耳にして、それが酒の空き瓶を意味することを知った。ただ一度めのときは、種苗店の女店員が箱に入ったペポカボチャの中から腐っているのを選んで捨てながらそう言っていたので、もしかしたら〝もう役に立たないもの〟という意味もあるのかもしれない。グレープジェリーを作るときには砂糖をブドウの絞り汁に加える前にオーヴンであぶるといい、ということを歯科医から教わった。ケネディ家、とりわけエドワード・ケネディについての新事実を、歯科医の待合室に置いてあった雑誌で知った。接着充填材を歯に詰められているときにラジオから流れてきた曲がドヴォルザークの『新世界より』だと、何分か聴いただけですんなり思い出すことができた。何十年も前に読んで知ったがその後忘れてしまい、ついこのあいだ久しぶりに序文を読み返して、リチャード・ヘンリー・デーナの『二年間の航海』が書かれた経緯を思い出した。デーナはハーヴァードの学生だったが病気のせいで学業を断念し、療養のために海に出て、後日その時の経験を元に書いたのがこの本で、したがってこれは若者の物語なのだけれど、私が老人の話のように思いこんでいたのは、もう何十年間も古典になっているせいなのだろう。ただ、古本屋や図書館の処分品の中に必ずこの本を見かけるのがどういうわけなのかは、わからない。

北

氷に関する　からの情報

一頭のアザラシは複数の呼吸用穴を使用し、一つの呼吸用穴は複数のアザラシに使用される。

ボヘミアの殺人

理由はどうあれ人々がみな亡霊のように青ざめて黒い冬服に身を包んでいるボヘミアの街フリードラントで、自分の行く末がこれ以上の貧困と屈辱に落ちていくことに耐えかねた一人の老婆が発狂し、憐憫から夫と二人の息子と一人娘を殺し、憤怒から自分の家族を侮辱した両隣と向かいの住人を殺し、怨恨から払いをつけにしてもらうためにさんざん頭を下げなければならなかった食料品店主と質屋と金貸し二人を殺し、さらには一面識もなかった路面電車の車掌を殺し、ついには――長い包丁をふりかざして市庁舎に駆けこんで――法案の修正に頭をひねっていた若き市長と議員の一人を殺した。

楽しい思い出

歳をとったら、きっと独りぼっちであちこち痛く、目が悪くて本も読めなくなっていることだろう。その長い日々が今から心配だ。自分の日々は楽しくあってほしいと思う。どうしたらそのつらい日々を楽しく過ごせるだろうかと考える。ラジオがあれば日々を埋めるにはじゅうぶんなのかもしれない。歳とった人間というのはラジオを持っているものだと聞いたことがある。また歳とった人間はラジオに加えて、楽しい思い出も持っているものだと聞いたことがある。体がそれほどつらくないときに楽しい思い出を反芻して、それで慰めを得るのだ。だがそのためには楽しい思い出を持っていなければならない。心配なのは、自分が歳をとったとき、手持ちの楽しい思い出がどれくらいあるかがわからないことだ。そもそもどういう経験が楽しい思い出、自分を慰めてくれて、なおかつ何もすることがないときに楽しみを与えてくれるような楽しい思い出になるのかがわからない。いま何かを楽しんでいるからといって、それが将来楽しい思い出になるとはかぎらない。じっさい私がいま楽しんでいるものごとの多くは、たぶんじゅうぶん楽しい思い出にはならない気がする。独りで机に向かってする仕事は楽しい。そしてその仕事は毎日のかなりの部分を占めている。だが私が歳をとって、朝から晩まで独りになったとき、自分が昔していた仕事を思い出すだけで果たして足りるだろうか？　あるいは夜、本を読みながら菓子を食べるのも楽しいが、これもやっぱりじゅうぶん楽しい思い出にはならない気がする。ピアノを弾くのは楽しいし、三月のはじめに庭に植物が芽吹くのを見るのも楽しい、犬を連れて散歩すること、片目は良くて片目は見えないその犬の顔を見おろすこと、夕方の空、ことに十一月の夕空を見あげること、飼っている猫たちを撫でたり鳴き声を聞いたり抱きあげたりすること、どれも楽しい。だがペットの動物たちの思い出だけではやはり足りないだろう、たとえ愛していても。私はいろいろなことで笑うが、その多くは黒い笑いで、それを誰かといっしょに笑ったのでなければ、やはりじゅうぶん楽しい思い出にはならないだろう。とすると、楽しい思い出は楽しさそのものよりも、それを誰かと共有することで作られるのだ。楽しい思い出には他者も関わっていなければならないということか。私はさまざまな人たちのことを思い浮かべる。いろいろな人々との良き触れ合いを思い出す。私が電話で話す相手はたいていとても感じがいい。間違い電話ですらそうだ。道端に車を停め、知らない女の人とその人の庭について話をしたのは楽しい思い出だ。郵便局や薬局で働く人たちとは日々話をするし、まだ銀行のフロアにATMがなかった時代には窓口の人とも話をした。地下室の除湿機を直しに来た人とは、この町の歴史について語り合った。近所の図書館の司書と交わす会話はいつも楽しみだ。古書を扱う書店からかかってくる売り込みの電話も感じがよくて楽しい。だが、そういった触れ合いが歳をとった私の慰めになるような思い出になるとは思えない。見ず知らずの他人や浅い付き合いの知人がからむ経験は楽しい思い出にはならないのかもしれない。歳をとってあちこち痛いのに、手持ちの思い出が自分のことを覚えていない人たちについてのものばかりというのはつらい。私の楽しい思い出に登場する人たちの楽しい思い出には、私も登場するのであってほしい。どんなに盛り上がった食事会でも、互いにたいして好きでもない同士では、楽しい思い出にはなりにくい。私は自分が過去に近しい誰かと共にした、好ましかったり有意義だったりした時間を思い浮かべ、それらがじゅうぶん楽しい思い出になりうるかどうか考えてみる。ある晴天の日に駅で友人とばったり出会ったことは、そのあと話し合ったのが飢餓とか脱水症といった深刻な話題だったにもかかわらず、じゅうぶん楽しい思い出になっていそうな気がする。友人たちと何度かキノコを探して森の中を歩いたことも、楽しい思い出になるかもしれない。一家で何度かガーデニングをしたことも、じゅうぶん楽しい思い出になりそうだ。みんなで協力してひどく骨の折れる料理をこしらえた晩のことは、今のところ楽しい思い出だ。デパートに行って楽しかったことも一度ある。死にゆく人の病床に付き添っていたことも、あんがい楽しい思い出になるかもしれない。母と私と、二人で石炭のかけらをもってニューカッスル行きの列車に乗ったことがある。* 母と私とで雪の降る朝に船を待ちながら、沖仲仕たちとトランプをしたこともある。外国暮らしをしていたときに、ある一本のレバノン杉を見るためだけに何度も何度も植物園に足を運んだこと、孤独ではあったけれど、あれも楽しい思い出だ。葬儀が終わって間もないころ、近所のある人が裏口のドアのところにケーキの載った皿を置いておいてくれたこと。ただ、もしもこの先彼女と仲たがいするようなことがあれば、この楽しい思い出も損なわれてしまうことだろう。そう、楽しい思い出は打ち消される場合もあるのだ。楽しい思い出があっても、べつの時に同じことをして楽しくなければ——たとえばべつの日に料理やガーデニングをいっしょにやって不愉快な思いをすれば、その楽しい思い出は帳消しになる。楽しく始まったできごとも、終わりが悪ければ楽しい思い出にはならない。ある部分では楽しいのだけれど同時に問題もあるようなできごと、たとえば三人のうち二人が外に出かけて楽しんでも、家に残った一人が帰りが遅いのをぷりぷりしながら待っていたりすれば、楽しい思い出は残らない。だから楽しいできごとが起こっている最中は、それが台無しにならないように極力気を配り、なおかつ後日それが帳消しにならないように努力しなければならない。私だって楽しい思い出をもつことは夢ではない。何かを誰かといっしょにやり、なおかつその誰かに私が好ましい感情をもっていて、しかもその誰かが自分の楽しい思い出に私も加えてくれれば、それはじゅうぶん楽しい思い出になるかもしれないが、私が独りきりで、下心や見栄や権力ずくでしたことは、たとえそれ自体は良いことであっても、じゅうぶん楽しい思い出とはならない。菓子を食べて楽しんでも構わないが、その菓子の思い出は楽しい思い出にはならないことは肝に銘じておかねばならない。近しい人たちとボードゲームをしてみんなで楽しければ、ゲームが終わるまで喧嘩にならないように気をつけなければならない。そして後日べつのボードゲームをして嫌な気分にならないようにも気をつけなければならない。自分が独りぼっちで何かをしすぎていないか、他の人たちといてしょっちゅう不快な気分になりすぎていないか、定期的にチェックする必要もある。定期的に総量を確かめておくことも必要だ。私の楽しい思い出の残高は、いまどれくらいあるだろう？

＊ニューカッスルはイングランド有数の石炭の産地。「ニューカッスルまで石炭を運ぶ」は〝無駄なことをする〟を意味する諺《ことわざ》。

彼らはめいめい好きな言葉を使う

「これってほんとに最高だこと」一人の女が言う。
「これって本当に最高だこと」もう一人の女は言う。

マリー・キュリー、すばらしく名誉ある女性

序文

誇りと情熱と労力に満ち満ちた彼女は、時代の女優であった、なぜなら彼女には野望への才能があり、才能への野望があった。そして結局、彼女は我々の時代の女優でもある、なぜならマリーと原子力は一糸まとわぬ関係であったのだから。

それに、彼女はそのせいで死んだ。

人物

誕生のみぎりよりマリーには三つの特性があり、そのおかげで素晴らしい学業をおさめ、教授たちに寵愛される。記憶力と集中力と学習意欲の三つである。

「私は私の活かされていない才能のことを思うと胸が張り裂けます。それらだってきっと良いものであるでしょうに……」。

そしてどうするのか？〝平凡な女性の一生〟？彼女はそんなものを自分が成すとは思ったことがなかった。

ザコパネの山荘にて

だが一八九一年の九月、ザコパネの山荘を一人ぶらつき、カルパチアの大きな黒松の下、感冒の長々し尾を引きずりつつ憂鬱を散歩させていたマリーには、自分をさらっていってくれるかもしれない一人の男、カジミェシュがいる。そしてマリーの一部分はそれを望む。

二ヵ月後に彼女は二十四歳になるであろう。

彼女は貧しい。彼女はまだ美しくない。免状としてあるのはポーランドの大学入学資格《バカロレア》ばかり。

こんな自分がどうやって〝何者か〟になる？　その上、彼女はカジミェシュを愛し、カジミェシュを待ち望む。

四年の時間によっても若い男の情熱は冷めず、もしかすると障害によって高められていた……

それに彼は魅力を何一つ失っていない……

しかし二人の将来を語るカジミェシュはまだ知らない、彼にはすでにライバルがいることを。

しかも、何というライバル！　研究室という名の。

彼女はどこから来たのか、この臆病と自信が不思議に混血した神経質な若い少女は？　彼女は地面の申し子、空気と空間と木々なしには生きることができない。彼女と自然界の関係は、ほとんど肉体関係に等しい。草木はそれを知っていて、彼女の指の下で花開く。

だがそのいっぽうでマリーが認めないのは、自分の動物的部分である。たとえば彼女の瞬間的な怒り、それは彼女の内面の秘密裡に押さえつけられた嵐を、稲妻のように裏切る。

貧乏

さて、そんななか、マリーの父は職業を剝奪され、それにともなう住居と月給の半分もお失いになる。

いかにして帳尻を揃えるか？

父は煩悩する。嗚呼！

マリーを悩ませるのは一枚しかないドレスではなく――それはお針子によって何度も改訂されなければならない――彼女がいま密封されているトンネルの出口が見つからないことである。

しかし姉はマリーを救出する。

パリで勉強

その乳を吸うために、マリー・スクウォドフスカがパリまでやって来たところのフランス科学界は、喜ばしくも一人の偉大な男を持っている。もう人生の日没を迎えつつあるパスツールである。

マリーはパリで余暇の時間を、姉のブローニャと、姉自身のカジミェシュとともに過ごす。彼らは勤勉であったが、スラヴ流のもてなし精神で自分たちを楽しませることを知る。サモワールとピアノの周辺で、世界を作り直すための無限の討論が交わされる。

彼らはパーティーを開催し、素人芝居、活人画を演じる。真紅のチュニックに包まれ、金髪が肩に雪崩《なだ》れた若い女は、束縛から逃れたポーランドを権化している。舞台袖ではパデレフスキがショパンを奏でる。その娘こそ、選ばれし誇りに燃えたマリーであった。

しかし、楽しくおしゃべりすることは彼女の専門分野では永遠にない。

耐乏

マリーの耐乏生活は、時としてマゾヒズムに接近する。ある晩、彼女は暖房のない小部屋で、寒さのあまり、トランクにあったものを全てベッドの上にかけ、椅子も載せる。洗面台の水は凍る。

自らに二十日大根と紅茶だけを与え続けるせいで、彼女は時々気を失う。ブローニャと彼女のカジミェシュがマリーを救《たす》け、ビフテキの投与により彼女を修復する。

言語

ひと夏が通過する。マリーはフランス語を完成させる。授業が再開する時、彼女は彼女の語彙から〝ポーランド風味〟を駆逐する。一つだけ、優しく回転するrの音だけが、生涯にわたり、彼女がスラヴの出であることの、唯一の証言者となるであろう。そしてそれは、すでにじゅうぶんそれが足りている彼女の声に、さらなる魅力を付け加える。それに全世界共通のこととして、彼女は計算は母国語でする。

資格

マリーは試験を合格するだけでなく、受験者全員の前で、上から順に成績が発表される時、最初に名前を呼ばれる。マリー・スクウォドフスカはパリ大学によって物理学の学士資格を得る。

そしてそれはとても大したことである。

交際

果たして彼女は気づいていたであろうか——試験の前日、共和制大統領のサディ・カルノーが、イタリア人無政府主義者によって車の中で暗殺をされたことを?

少なくとも、彼女がここ数週間ほど会っている物理学者とは、彼女はそれについては一秒も語り合わなかった。他の男たちが彼女にチョコレートを贈るように、その物理学者は『物理現象における対称性、電界及び磁界の対称性について』と題した論文を携え、彼女の部屋を訪ねる。その冊子には「スクウォドフスカ嬢に　筆者P・キュリーの尊敬と友情をこめて」と献辞がついている。

彼らは膨大に語り合うが、物理学か自分たちのことについてのみである。

そして、これは万人が知ることだが、誰かが彼の子供時代について語るのを我慢して聞くためには、彼に恋していることが必要条件である。

過去の色恋

マリーは生まれてから二十六年間、もうすぐ二十七年、パリに来てから三年間で、姉の家や大学や研究室で会う雄の代表者たちを、その魅力でもって吸引しなかったことがない。彼女を思慕する一人のポーランド人学生は、彼女の目に興味深い人間と映るために、阿片チンキを飲む。マリーの反応——「あの若者は優先順位がわかっていません」。

マリーと彼とは、どのみち違う穴の貉《むじな》であった。

ピエール

ピエール・キュリーは、マリーの人生の舞台に登場するべきまさにぴったりの瞬間に、マリーの人生の舞台に登場する。

一八九四年は始まっていた。マリーは七月に学士号を取得することを確信する。彼女は将来を考えはじめ、彼女はより入手可能になり、そして春は美しい。ピエールはすでにこの突出した小さな金髪の人物の捕虜となっている。

確かに断言できることは、崇高な理想と理論物理学の分野を突進してきたピエールは、三十五歳にしていまだに淋しい。そこにマリー・スクウォドフスカは、彼の目の前に急速に、かけがえのない者、自分と連れ合いかねない者として浮上してくる。

だが高貴な思考は正しく報われない。三十六歳の年、ピエール・キュリーは物理大学の職で、一年間にたったの三千六百フランを稼ぐ。

稲妻

五十歳を過ぎてから、マリー・キュリーは二人の出会いの様子を文字にしたためる。彼女はあのポルトガルの尼のように自分の心を露出するようなことは、少なくとも公衆の面前ではしない。だが紋切り型の文体と果てしない抑制の奥に、たしかに稲妻のような相互作用の、かすかな片鱗が垣間見える。

マリーが彼女自身の独立精神を沈没させねばならないと納得するまでには、あと少しだけ時間がかかるであろうと、この澄んだ瞳の物理学者は知る。

ピエール・キュリーは彼女にそれを言う。「科学、はあなたの運命です」。科学、すなわち実用の目的のためにする研究である。

マリーは彼に捧げた偉そうな著書の中でこう書いている。「ピエール・キュリーは一八九四年の夏に、おおむね素晴らしいと思える何通かの手紙を私にくれました」。

そのうちの一つの追伸に、ピエールはこう書く。「僕は僕の兄にあなたの写真を見せました。間違っていましたか？　兄はあなたをとても良いと言いました。兄は言いました、『彼女はとても意志の強そうな、頑固とさえ言える顔つきをしている』と」。

頑固、ああ、いかばかりにか！

いつも灰色の服を着たマリー、優しくも厳しく、あどけなくも成熟し、可愛くも頑固一徹……汝、ポーランドの女。

彼は……

そして彼らは……

家庭生活

ポーランドこそは、ピエールが唯一競争を申し込み、そして勝利した相手であった。

かくして一八九四年の七月、マリーは極秘裡に、姉ブローニャと共に新たなる研究に着手する。ローストチキンは如何《いか》にして製作されるべきか？　揚げポテトは？　人は如何に夫を餌付けるべきか？

いっぽう我々は知っている。一人の親戚が結婚祝いに小切手を贈るという良いアイデアを思いつくことを。そしてその小切手が二台の自転車に交換されることを。さらには「小さな女王」と呼ばれ、フランスでもてはやされたこの新しい発明品が、ピエール・キュリーとその妻の新婚旅行の乗り物となるであろうことを。

自転車、は自由である。

研究

ピッチブレンドからウランを取り出すためには、当時、いくつもの工場が存在した。それからラジウムを取り出すためには、倉庫の中のたった一人の女がいるだけだ。マリーは自分の手法に自信がある。だが彼女の資金は雀の額《ひたい》である。

ラジウムの精製

マリーは女の子を産むが、仕事は休まない。その夏オルーに借りた別荘に、七本目の歯が生えかけたイレーヌを伴って到着したキュリー夫妻は、なぜこんなにも疲れているのか？彼らは苦労して川で泳ぎ、苦労して自転車に乗る。そしてマリーの指先はひび割れ、疼痛する。彼女は知らない、そしてピエールもまだ知らない、彼らは彼らが精製している放射性物質から出る放射線に害され始めていることを。

その年の十二月、日付のはっきりしない、ピエールの字の書かれた黒いノートブックに、初めて〝ラジウム〟という言葉が出頭する。

あと残っているのは、新しい元素の存在を証明することだった。「私はそれが美しい色であることを望みます」とピエールは言う。

純粋なラジウムの結晶は、きわめて単純に無色透明である。だがそれら自身の発する光は、青紫がかった色で試験管を染める。十分な量があると、それらは暗闇の中で可視の光を発射する。その光が研究室の暗闇の中で光り始めるとき、ピエールは幸せになる。

子供たち

マリーは倹約の精神からジャムを作り、娘たちの服を作る。熱意からではなく。

関係性

こと数学のこととなると、彼は彼女を彼自身よりひと皮もふた皮も上手《うわて》と診断し、十分に大声でそれを言う。彼女のほうでも、彼女の亭主の〝理論の確かさと厳密さ、そして研究の対象を変える際の素早さ〟を素晴らしいと感じる。

彼らは互いの価値を非常に高く購入する。

研究者仲間

一つのオーラが形成され、それは魅了と同時に威圧する。彼らの業績の反響、ピエールの輝き、マリーの激烈、若い金髪の女性が黒い作業着の下でどんどんやせ細っていくがゆえにますます危機迫るその強さ、二人が形成するコンビ、ほとんど信仰に近い彼らの科学への取り組み、そういったものすべてが、彼らの航跡の後を追う若い研究者たちを引きつける。乱雑な化学者のアンドレ・ドビエルヌはキュリー夫妻の人生に入り込み、二度と再び去ることはないであろう。

マリー・キュリーは聖人でもなければ殉教者でもない。彼女は若く、その時代、女性はもれなく懺悔とヒステリーの間を振り子のように揺れ動き、罪深いか、でなければ〝体ここにあらず〟のどちらかでなければならなかった。

事実、二人のドイツ人研究者は、放射性物質が生物組織に影響を与えると発表する。ピエールはすぐさま彼の腕をわざとラジウムの源に露出する。そして病変が形成されるのを喜びとともに見る。

同業者たちから認められること——キュリー夫妻はその満足を確かに喜ぶ。それに、それは〝正当〟なことである。

さて、マリーは夜中に起き上がり、眠れる家の中をさまよい歩き出す。夢遊病の小さな危険がピエールを脅迫する。いっぽう彼も痛みに襲われ、不眠にまんじりとする。マリーは彼を見守る——心配で、なすすべもなく。

そして彼女の外見は？　今ここにマリーが〝正装〟のドレスを着て、ケルヴィン卿の隣に座っている。彼女はあいかわらず十年前と同じその一枚のドレスだけを持つ、黒い、貞淑な襟ぐりの、その同じ一枚のドレスだけを。実のところ、彼女が身だしなみに興味がないのは幸いである、なぜなら彼女にはセンスが皆無で、死ぬまでずっとそうであり続けるであろう。黒——それは彼女を目立たせる、なぜなら黒を着るのは一般的でなかったから——それと灰色、彼女は実用的の面からそれを定期講読するが、それは物事を鎮静化させるうえに、彼女の灰色がかったブロンドの良い後ろ楯となる。

名声

栄誉への軽蔑が、限りなく気取りに近づくという境界線が存在する。そしてマリー・キュリーがピエールと共にノーベル賞を受賞したことをおおむね嘆いた時、人は彼女がその境界線を越えたと考える誘惑にかられる。

金魚鉢から引き出された我らが二匹の金魚達は、窒息し、のたうち回る。否、彼らは晩餐会に出たくない。否、彼らはアメリカに行きたくない。否、彼らは自動車品評会に出たくない。

とはいえ、彼らはワーグナーの闇雲な崇拝者である。

ピエールの死

彼は月曜の夜、ハナキンポウゲの花束を抱え、汽車で田舎から帰宅する。

マリーは水曜日の夜に帰宅する。パリでは雨が再発している。

翌日の木曜日、ピエールはゴーチェ・ヴィラール出版社からアカデミーに向かう。雨がまた降り出している。彼は彼の傘を開く。ドフィーヌ通りは狭く、混雑しており、彼は辻馬車の背後を横切る……

いつものごとく、彼は上の空……反対方向から二頭立ての荷馬車が、埠頭を出てドフィーヌ通りに入り、辻馬車に近づいてくる。馭者《ぎょしゃ》は黒服を着て傘をさした一人の男が左側の馬の前に現れるのを見る……男はよろめき、馬の馬具につかまろうとし……だが傘に転ばされ、二頭の馬の間に滑り込む。馭者は全力で馬を停めようとする、だが積荷は重く、五メートルの長さがあり、軍備品を満載しているために、そのまま男を前に引きずる。左の後輪がピエールの頭蓋を潰す。かくして彼の高名な脳、皆に愛されたかの脳は、雨に濡れた石畳の上に流出する……

警察署にて

遺体は警察署に撤去される。一人の警官が受話器を上げる。だが、ピエール・キュリーはもはや耳を持たないので、彼が生きている時と同様、死んでからも内務大臣を煩《わずら》わせ続けることを、彼は気にしない。

マリー

マリーは凍りつく。それから言う、「ピエールが死んだ？　完全に死んだ？」。

そう、ピエールは完全に死んだ。

反響

世界の津々浦々から電報は舞い込み、手紙は高く積まれ、哀悼の辞は王家のもの、政府のもの、堅苦しいもの、悲痛で心のこもったもの、等々、等々。名声と愛は、死によって無残にも刈り取られた……

新たなる不吉な称号が、マリーに冠されているいくつもの称号に、さらに付け加わる。これより先、彼女は「高名なる未亡人」と呼ばれるであろう。
十一年間――それは長い。もしも大樹なら、愛が深く根を下ろし、枯れた後もいつまでも残る、それほどに。

ピエールへの手紙

彼女はピエールに宛てて書きはじめる、あたかも悲嘆の実験ノートのごとく。

「わたしのピエール、昨日は比較的おだやかな気分でよく眠れました。そんなことはふだん滅多にありません。そして今もまたわたしは野獣のごとく泣き叫びたくなる欲望に駆られています」。

夏は来ており、太陽は痛い、心の中が何もかも真っ黒である者にとっては……

「わたしは毎日を研究室にこもって過ごします。わたしはもはや心を楽しませるようなものは何一つ感じ取ることができません、おそらく研究のこと以外は――いいえそれもちがう、なぜならもし成功したとしても、それをあなたが知ることができなければ、わたしには耐えられないでしょう」。

彼女は成功するであろう。そして彼女は耐えるであろう。なぜなら、それは人生の法則なのだから。

ソルボンヌで教える

マリーが最初の授業で、ピエールが最後に授業を終えたその同じ場所から始めたとき、何かが起こる。目がかすみ、喉は詰まり、満場を埋め尽くす聴衆たちは、この小さな黒いシルエットを前に、感涙して動かない。

十五年前のちょうど同じ日、小柄な一人のポーランドの学生はワルシャワから到着し、ソルボンヌの中庭を横切ったのだった。マリー・キュリーの第二の人生は始まったのだった。

『ジュルナル』誌の記録者は書く。「フェミニズムの大いなる勝利……もしも女性が、両方の性の学生たちに、より良く教えられるのであれば、雄の種族のいわゆる〝優位性〟は、この先どこにあるというのだろう？　この際言っておく。女が人間になる日は近いであろう、と」。

ラジウムが元素であることを、ラジウム自身を取り出すことで証明する

それをできる人間はマリーだけである。彼女が素面にまとっている哀しげな栄光のオーラと、態度の単純さ、そして彼女が彼女自身に接着する目標の正確さによって、彼女は一つの心を感動させる。アンドリュー・カーネギーのそれである。

彼はマリーの研究資金を支援しようと決める。彼はその優雅なやり方を知っている。

国際的な科学者たちの目に、彼女は冷酷無情な人物となっていた。すでに権威となったその分野において、他にライバルもなく、女であるという理由で、科学の夜空に輝く星座の中の唯一の星であった。

だが「彼女の神経は病気だ」と、会議に出席していた何人かの医者たちは言う。神経は病気になどならない。彼らはただ、その人間がどこかしら病気であると言いたいだけなのだ。

だが、一九一〇年にフロイト博士がすでにドラという患者を分析していることを、まだ誰も知らない。

エンガディンへの旅が、彼女を修復するのに役立つであろう。

悲嘆と彼女の子供たち

マリーの娘たちが成長し、マリーが日々の出来事を語れる年齢に成長するまでには、まだ長い年月がかかるであろう。彼女が娘たちに父親のことを決して語らず、自分の前で誰かがその名前を発音をすることすら禁じていたのは、傷口がすぐに開いて血が流れ出てしまうからである。いつから人は自分の子供の前で出血するようになったのであろうか？

自分を制御するために何も話さないのは彼女の掟《おきて》であり、それを彼女は今回も採用する。このことは意思の疎通を容易にはしない。

だが彼女には伝家する宝刀がある——理知の力である。

二度目のノーベル賞

その同じ年、一九一一年の終わりに、スウェーデンの王立アカデミーは、マリーにノーベル賞を授与する喜びを自分たちにもたらす。今度は化学、そして単独の授賞であった。

だがそのニュースは、学問上の事件などそれに比べれば春雨に等しいような、嵐のさなかに彼女に到達する。一言で言えば、某ランジュバン氏なる既婚男性との関係において、キュリー夫人は初めて、名誉ある女性であることをやめる。

研究所の職員たちとの軋轢

仕事上の事どもも平坦とは限らない。たとえばある日、研究所の職員たちの頭《かしら》が、マリーの部屋の扉に殴る蹴るの暴行を加えつつ、こう叫ぶ。

「ラクダ！　ラクダ！」

いかにも彼女はその通りの者である。

彼女はどんなことでもやりかねない。

間奏曲

彼女をそこに運んだマルト・クレンの功績により、マリーは南フランスを、その風光明媚を、テラスで眠ることのできる八月の夜を、地中海の暖かさを、そこで再び泳ぐことを、発見する。観光客は少ない。海岸にまばらな英国人がいる他は……

所有物に関する限り、岩石への情熱は、彼女が持っていることで知られる唯一のものである。そしてその情熱は盛んである。彼女はブルターニュにも邸宅を購入するであろう。

彼女はいまだに小柄で、痩せて、柔軟で、エスパドリーユを素足に履いて、少女のように歩く。日によって、彼女は実際の歳より十歳年少にも、年増にも見える。

彼女は時には眼鏡を必要とするが、これ以上不自然でないことがあるだろうか?

一グラムのラジウムを求めて

彼女をして放射能の女王の座に二度も戴冠せしめたその勇気、その決断力、その自信をもってしても、一つの事実の前には無力である。パリは祭りだが、フランスの科学界は骨折している。誰を、何を、振り返るべきか?

科学者の中でも最も活発な人々は、声や筆を使って、至る所で鐘を鳴らそうとする——名誉のためであれ、産業競争のためであれ、社会の発展のためであれ、研究に投資しない国家は死にゆく国家であると。

このことは、現代では、多かれ少なかれ——というよりは少なかれ多かれ——誰もが知ることである。

ミッシー

かくして一九二〇年五月のある朝、マリーはキュリー館のオフィスにおいて、アンリ゠ピエール・ロシェに伴われた一人の婦人と会見する。非常に小柄な、大きい黒い目をした、灰色がかった人物で、かすかに片足が悪い。メロニー・マティングレー夫人、友人たちは彼女をミッシーと呼ぶ。ミニサイズのミッシーは、評判の良い婦人雑誌の記者である。

そして予期せぬことが起こる。ハ長調の和音のごとく冗長で、神秘的な調和が。無限大の影響をもたらす友情の誕生であった。

マリーは、この奇天烈な小生物に対して、余人にはわかりかねる理由によって、とても好意を示す。

一グラムのラジウムを求めて

キュリー夫人は、一言で言えば、貧乏である。そして彼女の国も貧乏である。なんという驚き！　ニューヨーク五番街に並ぶ家々を驚かせるに十分である。

ミッシーは親切な天然を持っている。彼女は称賛することを愛し、マリーは称賛されるべき人物である。この優れた性質に、旺盛な実務の能力を併せ持つミッシーは、自らを機関車になぞらえ、貨物車どころか、山をさえも動かす。

一グラムのラジウムは、お幾らなのか？　百万フラン、すなわち十万ドル。偉大な名前を冠した、高潔な目的のための十万ドル——これは見つけることが可能である。ミッシーはそれを幾人かの大金持ちの同国人から集められると確信をする。

ミッシーは石油王ジョン・D・ロックフェラーの妻や、副大統領で、のちの大統領カルヴィン・クーリッジの妻や、その他何人かの高品質な女性たちを動員する。
そして彼女は牡牛どもの角を素手で摑む――つまり、ニューヨークの新聞紙一つ一つの記者一人一人を、感傷面で取得することに成功する。

合衆国への旅

ミッシーが成功した暁《あかつき》には、疑いようもなく、マリーが彼女の一グラムのラジウムを直接取りに行かなければならないだろう。それと並行して、好条件の自叙伝も、マリーに膨大な著作権をもたらすであろう。ミッシーはこれらの事業から、どれだけの利益を自分のために引き出すか？　純粋に心だけである。

それで良いですか？　たいへん良いです。

友情

二人が文通した書簡で――当時は毎日であった――今も残っているものが証明するのは、この同じように病身で、同じように勇敢な二人の戦士の、永続的な愛情である。

もしも誰かが自分の真の価値を知っているとすれば、それはマリーである。もし誰かがそれに代価を支払う用意があるとすれば、それはミッシーである。だが気をつけて――どちらの側も常温でなければならない。

マリーは彼女の一グラムのラジウムを自分で取りに行くと約束する。確かですか？　確かです。自叙伝を書くことについても約束する。確かですか？　確かです。よろしい。

ベルギーの国王とその妻は米国に六週間滞在した、とミッシーは言う。ラジウムの女王は王族として、それより短く滞在することはできないであろう。

健康

マリーは姉ブローニャに手紙を書く。「わたしの両眼はひどく弱くなり、おそらくもうそれらに対して何もすることができません。耳に関しても、ほとんど常に耳鳴りがして、しばしばひどく強く、わたしを迫害します。わたしは非常に心配します。研究が妨げられるかもしれない――あるいは、もうできなくなるかもしれないと。もしかするとラジウムが何か関係しているかもしれないけれど、決定的に断言することができません」。ラジウムが有罪？　彼女がその考えを表明するのはそれが初めてである。彼女はほどなく、両眼が白内障であると宣言されるであろう。

アメリカへの旅

キュリー夫人は合衆国大統領から、米国中から徴収された奇跡的な産物、一グラムのラジウムを、手ずから手渡される。

彼女は莫大な人数の人々と握手をし、ついには何者かが彼女の手首を折る。

その夜ミッシーは、マリーが本当は何者かを最終的に知る。相互に。見事な略奪だ。そのうえマリーは、自伝の権利も、前金で五万ドル、懐に入れる――ただしこの本はつまらないものになるであろう。ミッシーはあらゆる点で彼女の約束を守り、それをはるかに越えることをする。

別れ

美しい灰色の水晶体は、日に日に濁りゆく。彼女は彼女がもうじき盲目になるであろうと確信する。マリーとミッシーは泣きながら抱擁する。

だが言っておくと、この二匹の痩せた死にかけの動物たちは、それにもかかわらず、もう一度出会うであろう。七年の後、またしてもホワイトハウスにて……

ミッシーとマリーは間違いなく同じ種族に属している。粉砕不可能な者たちという名の。

時は流れる

ブラウン運動の発見者、ペランの赤い巻き毛は白くなる。

科学会議

彼女がしばしば旅する多くの会議は、彼女の重荷となる。彼女はそれらの中に一つだけ楽しみを見いだす——昔と変わらず熱心な遠足者である彼女は、姿を消し、地球の美を見つけに行く。五十年以上のあいだ世捨て人だったので、彼女はほとんど何も見たことがなかった。あらゆる場所から、彼女は娘たちに手紙を書き、描写する。南十字星は「とても美しい星座です」。エスコリアル修道院は「とても立派です」……グレナダのアラブの宮殿は「とても素敵です」……ドナウ川は山々に包囲される。だがポーランドのヴィスワ川は……ああ！　ヴィスワよ！　あの世にも麗しい砂の岸辺、云々、云々。

マリーの病気

一九三四年の五月のある午後、仕事をしようとやって来た研究室で、マリーがつぶやく。「わたしは熱がある。家に帰ろう……」。

マリーは庭を歩き回り、彼女が植えた元気の少ないバラの茂みを調べ、すぐにそれの世話をするように命ずる……彼女はもう二度と戻らないであろう。

いったい彼女はどこが悪いのか？　見たところ何もない。だが彼女は弱々しく、熱っぽい。彼女は診療所に移され、ついで山間部のサナトリウムに入れられる。熱は引かない。肺は悪くない。だが熱は上がる。マリー・キュリーですらもはや知りたいとは思わない真実の恩寵の時に、ついに彼女は達する。もうすぐ死ぬという真実に。

マリーの死

小さな手に握った体温計を最後にもう一度見て、熱が急激に下がったのを知ったとき、彼女は最後の喜びの笑みを笑むであろう。だが彼女にはもうそれを記録する力は残っていない、いかなる数字も決して書き留めないことのなかった彼女であるのに。この体温の降下は、終わりを告げるものである。

そして医者が注射をしにやって来たとき——

「もうそれは要りません。わたしを静かにさせておいてください」。

この心臓が打つのを止めるまでにはさらにあと十六時間を要するであろう。この女は死にたくない、否、断固として死にたくないのである。彼女は六十六歳である。

マリー・キュリー＝スクウォドフスカの旅行は終わる。

墓穴に下ろされゆく彼女の柩《ひつぎ》の上に、ブローニャと兄ユゼフは一握りの土を投げる。ポーランドの土であった。

かくして一人の名誉ある女性の物語は終わる。

あなたを讃えよう、マリー……。

結論

彼女はただ一本の畝《うね》を耕す人であった。

追記

にもかかわらず、物理学者と数学者たちの大多数は、ランプランが「永遠に通ずる窓」と呼ぶことになるものを開くことを、長年にわたり、激烈に、拒みつづけるであろう。

ヘッセン兵ミール*

ヘッセン兵ミールは自分の犬を殺して悔いた、首を胴体からもぎながら声をあげて泣いた、だがこの犬を食う以外に何ができただろう？　山奥で凍えて、皆から遠く離れて。

ヘッセン兵ミールは岩だらけの地面にひざまずいて呪った、おのれの不運を呪い、死んでしまった同胞を呪い、戦《いくさ》をする国を呪い、戦に出る国民を呪い、それらすべてを起こるにまかせた神を呪った。それから彼は祈りはじめた。他には何もできなかった。冬のさなかに、独りきりで。

ヘッセン兵ミールは岩陰に丸まり横たわった、両手を脚のあいだにはさみ、顎を胸にうずめて。もはや空腹もなく恐れもなく、神に見捨てられて。

ヘッセン兵ミールの骨は狼どもに散りぢりにされた、頭蓋は川のほとりまで運ばれ、足骨は山中に残り、大腿骨はねぐらまで引いていかれた。狼のあとにはカラスが、カラスのあとには黄金虫が来た。そして黄金虫のあとに来たのは新たな兵士だった。山奥に独りきり、皆から遠く離れて。戦はまだ終わっていなかった。

＊ヘッセン兵とは、アメリカ独立戦争の際に、イギリスの同盟国であったドイツよりアメリカに送り込まれたドイツ兵のこと。多くは北アメリカの環境に適応できず、疫病などで命を落とした。

異国の隣人

中庭をはさんだちょうど向かいに、このアパートの主《ぬし》ともいうべき中年女が住んでいる。たまに女と私が同時に窓をあけ、一瞬目が合ってぎょっとすることがある。そういう時は片方が空模様を確かめるようなふりで上を見あげ、もう片方はなかなか来ない客人を待つような顔つきで中庭を見おろす。本当は互いの視線を避けているのだ。それから私たちは窓を離れ、嫌な気分が去るのを待つ。

だがたまに、どちらも退《ひ》こうとしないときがある。私たちは目を伏せ、互いの息づかいが聞こえそうなほどの距離で何分ものあいだ立ちつくす。私はこの世界に自分ひとりしか存在していないようなそぶりで窓台の鉢植えの葉をつまみ、彼女も他のことなど眼中にないといったふうで窓台に一列に植わっているトマトをもぎ、水差しに挿《さ》した黄ばみかけたパセリの枝のもつれをほぐす。静まり返ったなか、軒先の鳩がたてるカタカタ、ばさばさという音ばかりがやけに大きい。私たちの指先のふるえで、互いを意識していることがかろうじてわかる。

彼女の生活は品行方正そのものだ。几帳面で、堅実で、規則正しい。同じアパートの他の女たちの規範からはずれるようなことは何一つしてない。今まで彼女のことを観察してきたので、まちがいなくそう言える。

たとえば彼女は朝早く起き、寝室の空気を入れかえる。それから半分開いた鎧戸ごしに、大きな白い鳥のようなものが部屋の暗がりのなかを飛びあがったり舞いおりたりするのが見える。ベッドカバーをベッドにかけ直しているのだ。午《ひる》ちかくなると、居間の窓から彼女の白くたくましい腕が何度かあらわれては消え、染みひとつない雑巾をはたくのが見える。正午、部屋着にエプロン姿の彼女が窓辺にあらわれて野菜を収穫したかと思うと、しばらくして料理のにおいが流れてくる。二時には台所の窓に張りわたされた短い物干しに布巾が干され、夕暮れになるとすべての鎧戸《よろいど》が閉められる。毎月第二土曜日の午後にはきまって客を招く。私が知るのはそれだけだが、他についても推《お》して知るべしだろう。

私はといえば、彼女やこのアパートの他の人々の生活態度を真似しよう、彼女たちから一目置かれようとつねに努力しているのに、どうしても同じにできない。私の窓ガラスは汚れ、窓台には煤《すす》がレースのように筋をつくっている。洗濯が終わるのは午まえで、夕立が迫ってくる午後おそく、他の住人たちがとっくに洗濯物を畳んでしまったころになってやっとそれを干す。日が暮れて、そこらじゅうで鎧戸がばたばたと閉まる音が聞こえても、どうしても自分の鎧戸を閉める気にはなれない。そうしなければと頭ではわかっていても、一日の最後の光がなごりおしくて、窓を開けたままにする。他の人たちが寝静まった夜中に床板をぎしぎしきしませて休みなしに歩きまわり、下の階の男女の眠りをさまたげる。生ゴミを捨てにいくのはいつも深夜で、すでにゴミ収集バケツは満杯だ。目をあげて見まわせば、他の窓はみな侵略に備えるようにぴったり鎧戸を閉ざし閂《かんぬき》をかけ、近所の家々も灯がともっている窓は数えるほどしかない。

私は向かいのあの女がそういったことを逐一観察していて、私に対して好ましくない印象を抱いているのではないか、そしてこのアパートに多数いる仲間をつのって何か事を起こそうとしているのではないかと恐れている。げんに彼女たちはしょっちゅう廊下に寄り集まり、階段の吹き抜けに響く声でなにごとかひそひそと毒づいている。そこは彼女たちが午前中の買い物からの帰りに必ず立ち寄り、手すりに寄りかかって一休みする場所なのだ。すでに彼女たちが私を見る目には、露骨に嫌悪と不信の色が混ざっている。私を糾弾する文書が作られ回覧される日もそう遠くないだろう。今まで住んだアパートはどこでもそうだった。そうなったら私はまた住む場所をあらたに探さなければならなくなるだろう。一刻も早くここを出ていくために、今よりもずっと条件の劣る場所で我慢しなければならないだろう。大家に報告しても、きっと大家はこのアパート内で行われていることをすべて知り、糾弾の文書を受け取り読んでいるにもかかわらず、住人たちの運動には目をつぶることだろう。私はまた荷物をすべて箱につめ、引っ越しの日にはバンを雇うことになるのだろう。そして箱を一つずつ表で待つバンまで運び、部屋から通りまでのあいだにあるいくつものドアを、木枠を傷つけたりガラスを割ったりしないように気をつけながら苦労して運んでいると、今度もまた他の住人たちが一人また一人と出てくるだろう。みんな私にほほえみかけ、私のためにドアを押さえてくれる。箱を運ぶのを手伝って、心の底からの親切と気づかいを見せてくれる。ほんのちょっとのきっかけさえあれば、本当はこんなふうに私と打ち解けてくれたのかもしれない。だがここまで事がこじれては、もう引き返すことはできない。本当は引き返したいが、きっと住人たちにはなぜ私がそうするのか理解できず、彼らと私のあいだには、ふたたび憎しみの壁が立ちはだかるだろう。

だがときおり、このアパートの険悪で重苦しい空気に耐えられなくなると、私は街に出ていって、かつて自分が住んでいた家々をたずねる。そして陽射しを浴びて立ち、かつてのご近所さんと話をして、彼らのあたたかな歓待に安らぎと慰めを得るのだ。

刈られた芝生

彼女は刈られた芝生 *mown lawn* が嫌いだ。もしかしたらそれは、刈る *mow* を逆さにすると *wom* ——彼女を表す言葉である女 *woman* の最初の三文字になるからかもしれない。刈られた芝生 *mown lawn* にはどこか悲しい響きがある、長い嘆息 *long moan* のような。彼女が「刈られた芝生 *mown lawn*」と言うと、それは長い嘆息 *long moan* になる。芝生 *lawn* の中には男 *man* の一部があるが、男 *man* を逆さにすればベトナム *Nam*、負けた戦争となる。おぞましい戦争 *raw war*。芝生 *lawn* の中には法律 *law* がある。あまつさえ芝生 *lawn* は法の番人 *lawman* の短縮形でもある。おそらく法の番人 *lawman* にも芝生 *lawn* を刈る *mow* ことはできるだろうし、じっさい刈る *mow*。法と秩序 *law and order* はもしかしたら、多くのアメリカ人が重視する芝の管理 *lawn order* から来ているのかもしれない。芝刈り機 *lawn mower* を使うと、より多くの芝生 *more lawn* を作ることができる。そしてじっさい芝刈り機 *lawn mower* を使ってより多くの芝生 *more lawn* が作られる。より多くの芝生 *more lawn* は、より多くの法の番人 *morelawmen* の短縮形だ。アメリカのより多くの芝生 *more lawn* が、アメリカのより多くの法の番人たち *more lawmen* を作るのだろうか。より多くの芝生 *more lawn* が、より多くのベトナム戦争 *more Nam* を作るのだろうか。彼女が「より多くの刈られた芝生 *more mown lawn*」と言うと、それはより多くの長い嘆息 *more long moan* になる。あるいは、芝生の弔い *lawn mourn* 。アメリカ人は往々にしてより多くの刈られた芝生 *more mown lawn* を好む、と彼女は言う。もしかしたらアメリカ全体が一つの長い刈られた芝生 *long mown lawn* なのかもしれない。刈られて *mown* いない芝生 *lawn* は長い *long*、と彼女は言う。長い芝生 *long lawn* のほうがずっといい。長い芝生 *long lawn* とモグラ *mole* のほうがずっといい。刈られた芝生 *mown lawn* なんか法の番人 *lawman* にくれてやる、と彼女は言う。愚か者 *moron*、芝生馬鹿 *lawn moron* に。

口述記録（付しゃっくり）

昨年わたしの姉が亡くなりまして、おん　なの子が二人残されました。それで主人とわたしとで話しあいまして、二人とも引　き取ることにいたしました。上の子は三十三歳、デパートの買い　付けの仕事をしております。下　の子はちょうど三十になったばかりで、こちらはしゅ　う議会の予算局で働いています。うちにはまだひとり子　供がおりますし、大してひ　ろい家でもありませんので、少々窮屈になりますけれど、娘たちのた　めを思えばそんなことも言っていられません。小学校六年の息子の部屋をあけて、息子はわたしがいま裁ほ　う室に使っている小さい部屋に移らせるつもりです。ミシンは居　間に置けばいいでしょう。娘たち用に、元の息　子の部屋には二段ベッドを入れようと思っておりますの。そこそこ広さのある部屋ですし、クローゼッ　トと窓も一つずつあって、ろ　うかを行けばすぐトイレですから。二人には持　ち物を何もかも持ってくるのは諦めてもらわないとなりませんわね。我が家の一員になることを思えば、それくらいのがま　んは当然でしょう。それから食事のせきでの話題にも気をつけてもらわなければなりません。小さい息子の前でおおっぴらに揉めたくはありませんからね。わたしが今から心配なのは、いくつかの政治的な問題です。上のほうの姪は女権主義者なのですが、主人もわたしも、近ごろの世の中は男性陣に風当たりが強すぎると考えておりますから。それから下の姪も、しゅじんやわたしや上の姪に比べて当然政府寄りの考え方でしょう。でもまあ下の子は出張であまり家にいないでしょうから。わたしども二人の子供を育ててきて、手なずける術《すべ》はそれなりに心得ていますから、この二人とも何とかやっていけるものと信じております。家を出ていく前の上のむすこにそうしたように、厳しくかつ公平に接するつもりです。それでも聞き分けがないようなら、娘たちにはただちに子供部屋に行って頭を冷やしてもらい、反省するまで出てこないよう言うつもりです。失礼。

患者

入院の翌日、患者は若い医師の執刀で大腸上部の手術を受けた。医師はそこに病気の原因があると信じて疑わなかった。だが彼の医者としての技術は未熟だった。彼を教えた医師たちは不注意だったうえ、国は深刻な医師不足におちいっていたため、学業優秀な彼は短期間で学校を卒業してしまったのだ。病院は国の無策のせいで人手が足りず、建物じたい崩落しかかっていて、崩れた漆喰の山がそこここで廊下をふさいでいた。そういったことすべてのせいで、あるいは何か他に原因があったのかもしれないが、その女性患者の容態はよくなるどころか急速に悪化した。若い医師はあらゆる手を尽くした。そしてついにもう自分にできることは何もなく、患者はすぐにも死ぬであろうと悟った。患者の死に初めて直面した医師が誰しも感じる悲しみに、彼は打ちのめされた。だが同時に奇妙な高揚感も感じていた。この世の重要人物の仲間入りをしたような、他人の命を自在にあやつる神のごとき存在になったような気がした。ところが、どういうわけか患者は死ななかった。薄明のような昏睡状態のまま彼女は静かに横たわっていた。日いちにちと何の変化もないまま時が過ぎ、若い医師はしだいにこの無風状態に狂おしいもどかしさを感じだした。夜眠れなくなり、目が血走った。食事が喉を通らなくなり、頬がげっそりこけた。ついに彼はこれ以上の焦燥に耐えきれなくなった。医師は患者の病室に行くと、彼女のしなびた黄色い顔を何度も何度も、もはや人間の顔でなくなるまで拳で打ちつづけた。最後の呼吸《いき》が患者の口から洩れ、打ちのめされ変わり果てた姿で、彼女は死んだ。

正しいと正しくない

彼女は自分が正しいと知っているが、彼女がそれを言うのは正しくない、この場合は。自分が正しくても、それを言うのは正しくない場合がある、時として。

彼女は正しいかもしれず、それを言ってもいい場合もある、時として。だがあまりそれを言いすぎると彼女は正しくなくなり、もともとの彼女の正しさまでも正しくなくなる、そのせいで。

彼女が自分で正しいと思うことを信じるのは正しい、だが自分が正しいと思うことを彼女が言うのは正しくない場合もある、時として。

彼女が自分の信じることにしたがって行動するのは正しい、彼女の人生においては。だが彼女が自分の正しい行動を宣伝するのは正しくない場合が多い、たいていは。もしそれをすれば彼女の正しい行動は正しくなくなる、そのせいで。

彼女が自分を褒《ほ》めたたえれば、その言葉じたいは正しいかもしれないが、彼女がそれを言うのは正しくない場合が多い、たいていは。そうすると彼女の正しさは帳消しあるいはマイナスになり、たとえ彼女の特定の行動は称賛に値しても、彼女はもはや称賛に値しなくなる、全体として。

植字工アルヴィン

アルヴィンと私は、ブルックリンにある週刊新聞でともに植字工として働いていた。毎週金曜が出社日だった。レーガンが大統領に選ばれた秋で、会社の誰もが不吉な予感に暗くうなだれていた。

傷だらけの古い灰色の自動植字機が背中合わせに置かれていたのは、トイレの隣の小さな部屋だった。一日じゅう人があわただしくトイレを出たり入ったりし、耳にはつねに水洗の音があった。うつむいてキーボードに向かう私たちの周囲の壁にはコルクボードが張りめぐらされ、そこにピンでとめられた紙の帯が、森のようにどんどん繁茂していった。湿った紙の帯にはびっしり活字が打たれていて、乾くと貼り込み係が取っていき、それが紙面の段組になった。

仕事は重労働ではなかったが、忍耐と正確さが求められたうえ、つねに時間に追われていた。私が文章だけの記事を打ち、アルヴィンは広告をセットした。機械の音が何分か続けてとだえると社主が上から降りてきて、なぜ手が止まっているのか確かめにきた。だから私とアルヴィンは昼を食べるあいだもタイプを打ちつづけ、たまに話をするときは機械の上から目だけ出して、小声でこそこそ会話した。

私たちは肉体労働者《ブルーカラー》だった。自分たちは肉体労働者なのだと思うたびに私は驚きに打たれた。アルヴィンも私も、表現者の端くれだったからだ。私はバイオリン奏者、アルヴィンのほうはスタンダップ・コメディアンだった。金曜ごとに、私はアルヴィンの仕事や人生の話を聞かされた。彼はある有名クラブのオーディションを七か月間、何度も受けては断られつづけた。しまいには店長が根負けして出番をくれた。土曜のうんと夜おそく、ショーの最後の五分間が彼に与えられた時間だった。彼の芸は客に受けることもあれば、まるで無反応のこともあった。たまに十分間時間をもらえたり、もっと早い九時半の回に出番をくれたりすると、大変な出世をしたような気になった。

自分の芸について口で説明するのは難しいと彼は言った。台本も決まった型もなく、舞台に上がってみるまで何が起こるのか自分にもわからない、ぶっつけ本番であることも芸のうちだとしか言えなかった。ただ、少しだけ聞かせてくれた漫談の断片から、話芸のいくつかはセックスがらみであるらしいこと——クリームと精液についてのジョークを彼は言った——、また政治的なネタもあるらしいこと、そして物真似もよくやるらしいことは察せられた。

小道具はめったに使わなかった。十一月の大統領選の日には、赤、白、青の星条旗柄の愛国的なスカーフを頭に巻いて出た。だがたいていの場合、舞台にもって上がるのは自分の身ひとつだった。いわば細長い陰気な顔が彼の仮面、痩せて関節のくにゃくにゃ動く体が彼のマリオネットで、それを彼は上から糸であやつって、舞台の上をふわふわと動かした。立ち姿と間合いと禿げ頭と衣装、それが彼の道具のすべてだった。仕事に着てくる服を、彼は舞台でもそのまま着た。下はきちんとした黒のズボン、上は白地にヤシの木や松の木の柄のついた安っぽい化繊のシャツだった。

私が会社に着くと、アルヴィンはいつも靴を脱いで靴下だけでタイプを打っていて、長細い彼の靴が私の機械の横にそろえて置いてあった。アルヴィンが不機嫌なときは会話はほとんどなかった。高揚しているときの彼は椅子にじっとしていられず、立ちあがってしゃべり続けた。私が話しかけても、ぼんやりとこちらを見返すだけの日もあった。あとになって彼はそのときのことを、何日もマリファナを吸いつづけていたのだと打ち明けた。

機械のがちゃがちゃという音の合間に、アルヴィンは別居中の妻と息子について語った。息子はアルヴィンの友だちとアルヴィンの食べるものを嫌っていて、何度も同じ言い訳を使っては会いにくるのを先延ばしにしていた。彼は自分の交友関係、ブルックリンの菜食主義者グループについても語った。感謝祭にはその菜食主義者たちといっしょに食事をし、クリスマスはＹＭＣＡに泊まるつもりだと言った。旅の話もした――ボストンのこと、ニュージャージーのいろいろな場所のこと。私をしょっちゅうデートに誘った。一度いっしょにサーカスを観にいった。

植字工の仲介所がちっとも自分に仕事を斡旋《あっせん》してくれないと彼は言った。「僕ってやる気がないように見えるのかな?」と私に訊いた。社内の乱雑ぶりを愚痴り、渡される原稿の文章のまずさを愚痴った。つづりや文法の間違いを直すのは自分の仕事じゃない、と彼は言った。与えられた職務以上のことは絶対にやるものかと憤慨して言った。彼も私も、自分たちを使う側の人々を内心は見下していた。まるで無学な人間のような扱いをしょっちゅう受けるせいで、その思いはよけいに強まった。

人当たりがよく、社の誰にも裏表なく接していたのと、彼の芸が自分を孤立させて笑いの種にする性質のものだったために、アルヴィンは社内でたいていの人から好かれたが、同時に一部の人々の恰好の餌食にもなった。たとえば制作部の部長は彼の仕事をやたらと急がせたり、広告部分のやり直しを命じたりし、陰で彼をあしざまに言った。この露骨ないじめはアルヴィンの自尊心をいたく傷つけた。だがもっとひどいのは社主だった。社主はふだんは上の階の社主室にいたが、発行日には降りてきて、制作部のみんなといっしょにスツールに座った。

小柄な、赤い口ひげに眼鏡をかけた男で、ネルのシャツの裾をジーンズの中に入れ、興奮するとデオドラントがぷんと匂った。ゆっくり歩くということがなく、トイレの出入りは誰よりも勢いがよかった。ドアが閉まったと思ったらすぐに頭上のタンクが怒濤の勢いで鳴り、もうドアから飛び出していた。週の大半は社員たちに機嫌よく話しかけ――私たち植字工はべつだ――部屋のあちこちに貼られた自分の滑稽な似顔絵やトイレの壁に書かれた落書きにも目くじらを立てなかった。だが新聞の発行日や、新聞に何か思わしくないことが起こったときには、彼の絶望と自暴自棄は社員に向かい、私たちは一人ずつ順番に、みんなの目の前で、あたりがしんと静まるほどの残酷さで、激しくこきおろされた。私たちの給料が安く、小切手が何度も不渡りで戻ってくることが、その仕打ちをよけいに耐えがたいものにした。上の階にいる経理担当者の女は会社の金のありかをまるで把握していないうえ、足し算もろくにできなかった。

いちばんひどいとばっちりを受けたのがアルヴィンだったが、彼はただだされるがままだった。「そうおっしゃったような気がしたので……たしか誰かにそう言われて……てっきりそうだとばかり……」彼が何かひとことでも言えば、それがさらに社主の怒りに油を注ぐことになり、けっきょく彼は黙りこむしかなかった。彼の卑屈な態度は見ていて痛ましかった。職を失うのを恐れていたのだ。だがクリスマスを境に、彼の態度は変わった。

クリスマスの休暇中に、アルヴィンも私も舞台に立った。私は『メサイア』からの抜粋を演奏するコンサートでバイオリンを弾いた。アルヴィンのほうは、地元で友人が経営するクラブでの漫談と歌のワンマンショーだった。彼は斜めの文字のおどる、ベレー帽をかぶった自分の写真入りのチラシのコピーをみんなに配った。チラシの中で彼は自分を「大人気コメディアン」と紹介していた。チケットは五ドルだった。私たちの新聞に彼の舞台の広告が載り、みんなおおいに興味を示したが、いざ当日になってみると、社の人間は誰も観にいかなかった。

その次の金曜日、出社したアルヴィンは何分間か注目の的になり、有名人のオーラに包まれていた。だが彼は悲しい事実を告げた。集まった観客はたったの五人だった。四人は仲間のコメディアンで、五人めは友人のアイラだったが、彼はアルヴィンの漫談のあいだずっとおしゃべりをしていた。

アルヴィンは自分の失敗を饒舌に語った。店の内部について語り、友人の店主について語り、アイラについて語った。五分間しゃべりつづけた。みんなといっしょに話を聞いていた社主はしだいにしびれを切らし、仕事が待っているだろう、とアルヴィンに向かって言った。アルヴィンは譲歩のしるしに片手を上げ、植字部屋に入っていった。制作部の人々もそれぞれのスツールに戻り、受け持ちの紙面の上にかがみこんだ。私たちの機械はガチャガチャと鳴りだした。社主は階段を駆け上がっていった。

ふいにアルヴィンがタイプの手を止めた。瞳孔が開き、心ここにあらずといった感じだった。彼は立ちあがり、出ていった。そして制作室ぜんたいに向かって言った。「みなさん。僕にはやるべき仕事があります。でもそれはあとまわしだ。まず最初にみなさんに僕の芸を披露したいと思います」

ほとんどの人はアルヴィンのことが好きだったので、みんなほほえんだ。

「まずニワトリの物真似をやります」と彼は言った。

彼はスツールの上にあがると、腕をぱたぱたさせてコッコッと鳴きだした。部屋は静まりかえっていた。制作部の人々は羽を休めるシラサギの群れのように背の高いスツールに座り、この禿げたニワトリを眺めていた。拍手がないとわかると、アルヴィンは肩をすくめてスツールから降りて言った。「では次にアヒルの物真似をやります」そして膝を曲げてしゃがみ、内股になってよちよちと歩きまわった。制作部の人々は互いに顔を見あわせた。彼らの視線がスズメのように宙を飛び、あたりを跳ねた。まばらな拍手が起こった。するとアルヴィンは言った。「こんどはハトをやります」彼は肩をゆすり、頭をくいっくいっと前後に動かし、求愛行動中のハトのように輪を描いて歩きまわった。雄のハトが自分を誇示する感じが、なかなかよく出ていた。アルヴィンは唐突に物真似をやめ、観客に向かって言った。「さあ、みんなやるべき仕事はないのか？なにをぼんやり座ってるんだ。こんなものはみんな昨日に終わってなきゃならないことだろう！」まるで感電したように、なけなしの髪が頭から直立していた。彼は唾を飲みこんだ。「俺たちはみんなこれなんだよ」そう言った。「間抜けな鳥の集まりだ」

人々の顔から笑いが消えた。葉の枯れた年の瀬の憂鬱が、弱体化した政府への懸念が、政府の弾圧的傾向への恐怖が、ふたたび私たちの上にのしかかった。

ふいに訪れた静けさのなか、近くの教会の鐘の音が響きわたった。制作部長が反射的に腕時計を見た。アルヴィンは急にうなだれた。回れ右をして小部屋に戻っていった。後ろ頭が絶望を物語っていた。

しばらくのあいだ、みんな彼を呆然と見送っていた。彼は力なく機械の前に座った。独りぼっちで蛍光灯の光を白々と浴びて、演技に疲労困憊して。彼は大して面白くなかった、はっきり言って下手くそだった。だが彼の芸にはなにかしら心を打つものがあった。鬼気せまる感じや、感情の暴力が。一人また一人と、人々は仕事に戻っていった。紙がかさかさと鳴り、ハサミが石の台の上で固い音をたて、ラジオの音に混じって低い話し声が行き来した。私が自分の機械の前に座ると、アルヴィンが重いまぶたの下からこちらを見あげた。ここ何か月ぶんかの自嘲と屈辱と悲しみが、その顔にはありありと浮かんでいた。彼は笑顔なしで言った。「あいつらみんな俺のことをクズだと思ってるんだ。何とでも思うがいいさ。俺には夢があるんだ」

特別

私たちは自分たちのことをとても特別だと思っている。ただ、どういうふうに特別なのかがまだわからない。こういうふうにではない、ああいうふうにでもない、じゃあどういうふうに？

身勝手

身勝手な人間でいることの利点は、たとえ子供が傷ついても自分自身は傷つかないから平気でいられることだ。ただし少々の身勝手さではだめだ。徹底的な身勝手さでなければならない。つまりこういうことだ。少し身勝手なだけだと、あなたはそこそこ子供の世話を焼き、そこそこ子供のことを気にかけ、子供におおむねいつも清潔な服を着せ、そこそこの頻度で散髪にも連れていき、だが学校に持たせてやるものが全部は揃わず、あるいは肝心なときにそれがない。子供と楽しく過ごし、子供の冗談に笑うが、子供が言うことを聞かないとすぐに苛立ち、他に仕事があると子供をわずらわしく思い、子供にうんと聞き分けがなければ激しく怒る。子供が日々の生活で持っているべきものをある程度は理解し、友だちと何をしているかをある程度は把握し、それについて質問もするが、時間がないので多くは訊ねず、深くも訊かない。やがて問題が起こりはじめるが、あなたは忙しいのでその予兆に気がつかない。子供が盗みを働き、なぜこんなものがと訝《いぶか》しむようなものが家で見つかる。あるいは子供が盗んだものをあなたに見せ、どうしたのかと訊ねると嘘を言う。子供の態度に悪びれたところはないし、嘘が露見するまでには長い時間がかかるので、あなたはそのたびにだまされる。あなたが身勝手な人間であればそういうことが往々にして起こる。だがその身勝手さが中途半端だと、子供が深刻な問題を起こしたときにあなたは苦しみ、苦しみながらも長年の習慣から身勝手であることはやめられず、ああどうしていいかわからない、わたしの人生は破滅だ、もう生きていけないなどと嘆く。だからもし身勝手になるのなら、もっと徹底して身勝手にならなければならない。子供が深刻な問題を起こしたことを残念に思い、まことに心の底から遺憾であると友人にも知り合いにも親戚にも言いながら、心の底では自分の身にそれが起こらなくて本当によかったとひそかに安堵し、喜び、いっそ快哉すら叫ぶ、それくらいの身勝手に。

夫と私

夫と私はシャム双生児。額のところでつながっている。私たちの母親が私たちを養う。交尾したくなると、私は夫と下半身でもつながって、垣根仕立ての木のように輪の形になる。時が流れる。私は夫とつながっていた下半身を離し、私たちとはちがって体のつながっていない双子を産む。地面の上でのたくる双子。私たちの母親が二人の世話をする。眠っていて動かないときでも、双子はたいてい非対称形だ。起きているときの二人はゴムひもでつながれたように互いに寄り添い、私たちに寄り添い、母親に寄り添う。夜、絆はさらに強くなり、私たちはぎゅっとひっつきあい、ひとかたまりになって眠る。夫の固い肉と私の柔らかい肉、母親のしなびた古い肉と赤ん坊たちの羽根のような肉をひしと寄せあい、十四のヘビのように腕を互いの体にからめる私たちの背後の野では、脈打つような音楽が遠く鳴っている。

春の鬱憤

ああうれしい、木の葉が芽吹いて大きくなっていく。
もうじき隣人と、彼女の泣きわめく子供の姿を視界から隠してくれるだろう。

彼女の損害

台所のカウンターの上に、夕食の中華料理のテイクアウトについてきたダックソースと醤油とマスタードのビニールの小袋がひとまとめに置いてあった。つるりとした小さな塊《かたまり》を見ているうちにむらむらと怒りがこみあげ、力まかせに拳を叩きつけた。二つ三つが破裂した。涙で前がよく見えなかった。バスローブの袖口にマスタードがべったりつき、次の朝、醤油かダックソースの飛沫が天井と二枚の窓、それに壁の一方に飛んでいるのを夫が見つけた。彼女は窓ガラスを拭いたが、天井のしみは白い塗料の奥まで入りこんでいて取れなかった。あきらめて下を見ると、天井からしたたった洗剤と水が木の床に落ちて、ニスがまだらにはげていた。

その数日後、彼女は赤ん坊を抱いて古びた家のダイニングを歩いていて、床の穴に片足を突っこんだ。シロアリが出たのでそこだけ床板をはがしてあったのだ。腕がひどいあざになったが赤ん坊は無事だった。それから彼女はコーヒーメーカーにコーヒー滓を詰まらせ、朝スイッチを入れたらあふれて調理台と床が水びたしになった。台所のシンクのシャワーノズルで自分の横っ面に水を浴びせた。ストーブに薪をくべようとして手を火傷した。赤ん坊が夫婦のベッドの脇から床に転げ落ちた。氷点下の夕方に赤ん坊を散歩に連れていったら顔が真っ赤になり、火がついたように泣きだした。十二月も終わりごろのことだった。

二人は夕食前、静かに話し合った。もっと睡眠を取るべきなのではないかと夫は言った。彼女はオーブンが温まるのを待っていたが、そもそも火を入れていなかった。

食事をしながら、夫は果物かごのリンゴと食卓の上の電気の笠にも醬油のしみがついていることを指摘した。ついでに彼女が壊したトイレの便座のことも蒸し返した。スウェーデン製の、高価な赤の便座だった。彼女が手を滑らせて蓋を落とし、便座を割ってしまったのだ。夫はすぐさまそれを撤去して緑色のに取りかえた。

夫はそれ以前にも、デッキに通じるドアの手前のビニールの覆いを取りかえていた。彼女が寒いなかドアを開けっ放しにしたので、ぱりぱりに割れてしまったのだ。それから彼女は寝室のドアの上の電線の接続もはずした。これは二度めだった。椅子に乗ってそれを直している夫に彼女が手元を照らそうかと言うと、夫は、それはいいから怒ってドアを力まかせに叩きつけるのをやめてもらいたいと言った。

つい最近のことでいえば、彼女はカメラにフィルムを入れるのを忘れたまま丸々一本ぶん写真を撮った。金銭的な損害があったわけでも何か不都合が生じたわけでもないが、いろいろなポーズを取らされた赤ん坊のくたびれと、失われた写真への彼女の未練が残った。その多くを彼女はありありと思い出すことができた。最後の一枚は、タグボートに牽《ひ》かれた石油タンカーが今年最初の氷をかきわけて入江をこちらに向かって進んでくる写真で、窓辺に立ってシャッターを切ったときに、もしかしたらフィルムが入っていないのではないかと気がついたのだ。

働く男たち

こんな田舎に暮らしていると、ふだん顔を合わせるのは、家にいろいろな仕事をしにやってくる工事関係の人々だけだ。彼らは独立独歩で頼もしく、朝早くから仕事を始めて休みなしによく働く。先週はビリー・ブレイが来て洗濯機を設置してくれた。来週はジェイ・ニッカボッカーがポーチの前面を撤去しに来る予定だ。今日来るのはトム・タット。トム・タットは電線を取りはずしてくれることになっている。彼はどうした？　朝早く、私たちは台所に立って思う。トム・タットはなぜ来ない？　私たちは外に出る。早朝の光を浴びて、トム・タットがそこにいる。すでに仕事を終えて、切った電線の先端に小さな黒いキャップをかぶせているところだ。

北の国で

マギンは七十過ぎで健康を害していた。右脚が悪く肺も弱っていた。妻が生きていれば行かせはしなかっただろう。げんに友人たちはみな行くなと言い、兄のマイケルが戻ってくるまでこちらで待てと言った。だがもともと妻以外誰の言うことにも耳を貸さなかったマギンは、今や誰の言うことにも耳を貸さなくなっていた。

トルスク国有地管理局の地図を信ずるならば、もうじきシリトのはずだった。朝早くからのろのろと歩きづめで、足が痛かった。午ちかく、やっとシリトの町が見えた。兄の葉書が投函された場所だ。となれば、もうあと何マイルか北に行けばカルソヴィのはずだ。

彼は鞄を雪の上におろし、こわばった指をさすった。シリトの町を見た。通りに沿って小さな家が並び、どの窓も戸を閉ざしていた。屋根が陥没したり、戸口の前に崩れかかっている家も少なくなかった。通りの突き当たりには松の木が二本あり、その根方の井戸端で、老婆が二人ベンチに座って編み物をしていた。彼が鞄を拾いあげて近づいていくと、二人は編み物の手を止めて彼を見た。

言葉はいっこうに通じなかった。大声で怒鳴るようにして訊ねると、やっと一人が口を開き、無言で通りの反対側を指さした。

軒下の日陰に男が座り、歯の欠けた櫛で茶色のあごひげを梳《と》かしていた。目はマギンに向けられていた。かたわらの路地に、屋根のない車が停めてあった。

マギンは通りを渡った。「カルソヴィまで行ってくれないか」彼はトルスク語でたずねた。男が動きを止めた。

「そんな場所はないね」男は言った。

「ないはずがない」とマギンは言った。そして皺くちゃの兄の葉書を出し、それを突きつけようとした。

「ないものはない。あんたのまちがいだ」

マギンは鞄を落とし、葉書を握りしめた拳を男の顔の前で振った。議論などする気はなかった。

「まちがいではない」彼は叫んだ。声がしわがれた。

男は驚いた顔つきになった。「まあ」男は言って手のひらに唾を吐き、それを革靴にすりこんだ。「あそこには滅多に行かんよ」

マギンは怒りでふるえ、こめかみがずきずき脈打った。「幾らだ」と彼は言った。

「五十もらおう」男は言った。マギンは尻のポケットから財布を出し、男の手の上に硬貨を二枚のせた。

マギンは鞄を拾って男の後について車まで行った。男は運転席に上がり、まっすぐ前を向いた。マギンは鞄を後部座席に置き、その横に乗り込んだ。座るとスプリングがどこまでも沈み込み、鉄の棒のようなものが尻に当たった。彼は身動きしなかった。

エンジンがかかり、車が急発進してマギンは背もたれに叩きつけられた。車は横滑りして雪道の轍《わだち》に乗り入れた。道が曲がるたびに彼の体は右に左に投げ出され、木々がすぐ横をうねった。車が通りすぎるそばから二羽の鳩が飛び立った。

マギンは運転手の悪意に当惑した。単調な森の中を一時間ちかく進むうちに、彼はだんだん不安になった。この旅は徒労に終わるのではないか。兄からの音信はもう何週間も途絶えていた。自分がいつまでもつかという問題もあった。「狂気の沙汰だ」彼はふいに独り言をいった。「こんな死にかけの身で真冬の北国に来て、いったい何になるというのだ。メアリが聞いたら笑うだろう」彼は外套の襟を顎まで引き上げた。

車はついにカルソヴィに着いた。森の中の大きく開けた場所に車が入っていくと、黒い服の女たちが雪だまりの上を影のように渡る姿が見えた。家々の戸口には男たちが腰かけていた。

マギンは鞄を持って車から降り、車のドアに寄りかかって休んだ。顔を上げると、いつの間にか数人が集まってこちらを見ていた。女たちがじりじりと近づいてきた。彼の顔と鞄の間で目をいそがしく行き来させていたが、言葉はひとことも発しなかった。マギンは石のような顔をした男たちのなかに村の長《おさ》を探したが、人々は不安げに身じろぎした。彼が来たことにとまどっている様子だった。

「何なんだ」運転席からじっと動かない運転手にマギンは言った。「この人たちは何を待っている。なぜ私を見る。なぜ何も言わないのだ」

「何か言わなきゃならんのかね」運転手はやっとそれだけ言った。「言ったところであんたにゃ理解できんよ。誰もこいつらの言うことは理解できないんだ。トルスク語もしゃべれんのだから」運転手は車のハンドルを叩いた。「前にもあんたみたいな爺さんをここまで乗せたよ。もう何か月も前のことだが、そいつがどうなったのか、とんと聞かねえ」運転手は雪の上に唾を吐き、村人たちを蔑《さげす》むように見た。マギンが何か言うより早く、男はクラクションを鳴らし、車の向きを変えると森の中を走り去ってしまった。

マギンは途方にくれた。村人たちは一人ふたりと背を向けて去り、ときどき足を止めては彼のほうをまた振り返った。あとには女が二人残った。一人は痩せた年寄りで、着ているものは粗末だった。もう一人はもっと若く、がっしりしていた。年寄りのほうがネッカチーフをきつく巻きなおし、歯のない口を笑いの形に開けて歩きだした。もう一人の女がその袖をとらえた。

「ニニニニニニ」年寄り女が舌を口蓋につけて言った。頭に深くかぶったネッカチーフごしに目が鋭く光っていた。彼女は若いほうの女の手を振りほどくと、ふたたび歩きだした。若いほうの女が年寄り女の肩に手をやり、鋭く短く何か言った。年寄りのほうは振り返って地面に唾を吐くと、スカートの裾を雪の上に引いて歩み去った。

若いほうの女がマギンに向かってついてこいというように手招きした。二人は細い径《みち》に入っていき、マギンは片脚をかばいながら歩いた。木々の下を通ると寒さが万力のように体を締めつけた。彼は咳をした。呼吸《いき》が喉の奥でごろごろ鳴った。

小径は石造りの小屋の間を曲がりくねりながら続いていた。多くの小屋の前には毛皮の厚い犬がうずくまっていて、マギンと女が通りすぎると唸《うな》り声をたてた。女の小屋は小径のいちばん奥にあった。女は把手に片手をかけ、マギンを素早く振り返った。横に立つと、女の服の放つ悪臭がむっとにおった。女が戸を開け、マギンは手さぐりで中に入った。垢じみた敷布の臭いが鼻を打った。外の空気がゆっくり流れ込んできて、やっと息ができるようになった。

部屋の奥の小さな窓と、石の隙間から射し込む淡い光に目が慣れてくると、小屋の内部は薄い木の壁で二つに分けられているようだった。向かって左の広いほうの部屋には卓《テーブル》が一つと戸棚、椅子が何脚か、寝台、そして奥の壁には軍服姿のこの国の君主の写真が額に入れて掛けてあるのが見えた。向かって右の部屋は狭く、扉がなかった。簡易式の寝台の端がのぞいている他には何も見えなかった。すぐ横に立っていた女が彼の肩を押した。

「イイイ、イイイ」女が言ってうなずいてみせた。彼は狭い部屋の中に入り、寝台の横に鞄をおろした。ひどく疲れて、着ている服の重ささえ耐えがたかった。横になりたかったが、女が背後に立っているので気が引けた。

窓の外を見てから振り返った。女はいなくなっていた。彼は横になり、固く目を閉じた。自分がなぜここにいるのかが思い出せなかった。眠りに落ち込む前から夢を見はじめていた。七日前に乗ったはずの列車にふたたび乗って、フランスを走っていた。妻もいて、列車に揺られてピンから髪をほつれさせながら、新聞の記事を彼に読み聞かせていた。時代遅れの眼鏡と体に合わない服のせいで子供のように見えたが、なぜか夢の中では彼のほうがまちがった場所にいると感じていた。

二時間たらずで目を覚ますと、部屋の隅の棚の上に兄のテープレコーダーが載っているのが見えた。彼はその幻影が消え去るのを待った。

最近たびたびこういうことが起こった。記憶が混乱したり、思い出の中にあったものを実体化させて、あるはずのない場所に置いてしまうのだ。

だがテープレコーダーは消えなかったばかりか、その横にはきちんと積み重ねた何冊かのノート、衣類、裁縫箱、室内履き、ブーツそしてナイフまであるのが見えた。まさか兄がこの部屋に住んでいたというのだろうか。マギンは兄の所持品が消えてしまうのを恐れて、身じろぎしなかった。

十五分ほどそうするうちに、すっかり目が冴えた。マギンは立ち上がり、棚に近づいた。兄の持ち物に触れると心が安らいだ。ここは兄の部屋なのだ。マギンは兄の留守中によく部屋に入った。ここは今までのどんな部屋とも違っていたが、それでも兄の部屋だった。ということは、今はどこか別の場所にいるが、いずれ帰ってくるはずだった。

だが、それならばなぜあの女は自分がここで横になり眠ることを許したのだろうか。もしかしたらただ部屋を見せただけで、彼がここで眠るとは思っていなかったのかもしれない。あるいは彼がここで兄を待つと思ったのかもしれない。そして、それこそまさに彼が今していることだった。

だが衣服はしばらく使われた気配がなく、古びたにおいがした。ノートも互いにくっついていて、マギンがそのうちの一つに触れると全部がひとかたまりに動いた。もしかしたら兄はずいぶん長くここを空けているのかもしれない。だが死んではいないはずだ。もしそうなら女は持ち物をどこか別の場所にやっているはずだ。それとも、ここがその別の場所なのだろうか。

部屋を出ると、女が卓の上に食事を並べていた。マギンは女の腕をとって狭い部屋のほうに連れていった。そして兄の所持品を指さして、トルスク語で訊ねた。「これの持ち主は今どこにいるのか」

女はただ棚の品物のほうを身振りで示しただけで、それが何を意味するのかマギンにはわからなかった。言葉も一言ふた言いったが、トルスク語のどの言葉でもなかった。彼は落胆したが驚きはしなかった。兄はこの言語を記録するためにこの地に来たのだ。絶滅寸前の言語なのだと兄は言っていた。

マギンはそれ以上どうしていいかわからず、あきらめて女の後について食卓に戻った。窓の外では、木々が菫色《すみれいろ》の長い影を落としていた。彼はひどく空腹を感じて座った。食事を見た。サイコロ状の干し肉の横に、パンの端が一切れ添えてあった。肉は見るからに硬く、老人の歯では嚙みきれそうになかった。彼はパンを取り、少しずつ口に入れては柔らかくしてから呑み下した。空腹が薄らいだ。

女が卓の上を片付けはじめると、マギンは安物の細い葉巻たばこに火をつけたが、すぐに咳《せ》き込んだ。はるばるここまで来たことには何がしかの達成感があった。だがどうすれば兄を捜し出すことができるのかは見当がつかなかった。こう言葉が通じないのでは、どうすることもできそうになかった。彼は葉巻をもみ消し、吸いさしを元の箱にしまった。

女が外套をはおり、戸口のほうを身振りで示した。もしかしたらマイケルを探す手がかりを教えてくれるのかもしれないと、急に期待が高まった。興奮のあまりマギンは自分の部屋の場所を忘れてしまい、突っ立っている彼を女が正しい方向に押しやった。彼は外套を着、女の後につき従った。

小屋の外に出ると、鳥の声はすでにやんでいた。空にはもうほとんど光がなく、身を切るように寒かった。マギンは急いで歩き、隠れていた木の根に蹴つまずいた。家々の戸の前に犬どもの姿はすでになく、マギンと女はその前を足早に通りすぎた。森の空き地まではまだだいぶ距離があると思っていたが、ふいに空が開けた。一番大きな小屋の窓が、オレンジ色の火の光で明るく輝いていた。マギンは口の中が乾いた。唾を飲み下し、女の後ろから小屋の中に入った。

まだ何もわからないうちに、女はそばを離れてどこかに行ってしまった。はじめのうちは火の光で目がくらんだ。彼は足元を見た。犬が一頭、地面に腹をすりつけてこちらににじってきた。室内は人であふれていた。みな一言も話さず、彼を見つめていた。火のそばでは幾人かの男たちが低い椅子やベンチに座り、足首までの厚手の靴下の中や頭や耳を規則正しい動きで掻いていた。別の端には女たちが雑然と寄り集まって、針仕事をしながら鋭く囁きあったり、発作的に肩をすくめたり、舌打ちしたりしていた。

犬が唸り声をあげはじめ、静寂が破裂した。背の高い鉤鼻《かぎばな》の男が、マギンの足元にうずくまって歯をむいていた犬めがけて突進した。ベンチが音をたてて床に倒れた。男が犬の脇腹を蹴った。犬はキャンと悲鳴をあげると椅子の下の人々の脚のあいだに逃げ込んだ。火のそばの男たちが吠え、女たちも奇妙な叫びを上げ、彼ら自身が獣のようだった。犬は部屋の隅に小さくなった。男がマギンを振り返った。

マギンはトルスク語で話しかけた。「私は兄のマイケルを探しています。兄は学者です。みなさんの言葉を研究しに来たのです」彼はそこで口をつぐんだ。男は明らかに彼の言葉を理解しておらず、向こうのほうを向いてしまった。男は女たちのほうを見て、マギンをここまで連れてきた女を指さすと、マギンの耳にはただの唸り声としか思えない音を喉の奥から出した。女が立ち上がり、自分の知っていることをすべて話したとおぼしき長さの言葉を発した。男はマギンの袖を引き、火のそばのベンチに座らせた。それから部屋の一方の隅でチェッカー盤の上にかがみこんでいた老人に話をすると、行ってしまった。老人は無反応だった。

マギンは葉巻の吸いさしに火をつけ、何が起こるのだろうと思いつつ座っていた。女たちは静かに針仕事をしながら小声で話し合っていた。男たちは飲み物の壺を回していた。マギンにも土器の杯に酒を注いだ。彼らは体を掻き、話し、ときおりマギンに向かって笑顔や会釈をよこした。ときおり誰かが近づいてきては英語の断片を諳《そら》んじてみせるのが、ひどくマギンを驚かせた。「ノー、ノー、スカイ」一人の男が言った。「ノー、イエス、ヒア。テープ・ツー」別の男は言った。

マギンは葉巻の吸殻を火に投げ入れ、隅にいる老人をじっと観察した。勝負は終盤にさしかかっていた。盤をはさんでかがみこむたびに、老人の長い白髪と、対戦相手の瘡蓋《かさぶた》だらけの禿頭とがこすれあった。白髪のほうが駒を一つ動かすたびに、もう片方は怒って堅果《ナッツ》に似た顔をゆがめた。マギンは新しい葉巻に火を点け、咳きこんだ。疲労は深く、まっすぐ座っているのがやっとだった。突然禿げ頭の男が、火の光に頭をぎらつかせて立ち上がった。

「ラッカック」男は叫ぶとチェッカー盤に拳を叩きつけた。駒は――赤と黒のチップ、それに石や木ぎれも混じっていた――跳びはね、霰《あられ》のように床に降った。白髪の男は平然とほほえんだ。鼻が顎につかんばかりに長かった。

それから男はやっとマギンに目をやると、しぶしぶやってきて、彼の横に腰をおろした。マギンは葉巻の火を消し、箱にしまった。

「老人を探すか?」白髪の男がトルスク語で言った。

「兄を探しているのです」マギンは言った。

「兄、ここ」男は言った。

マギンの心は躍った。「ここに?」彼は地面を指さした。

「否、否」男はもどかしげに手を上げた。「兄、ここ。それから、兄、行った。兄、男と行った――北。消えた。行って、消えた。行って、死んだ。たぶん」男は人指し指で自分の喉をかき切った。

「男とは誰です」マギンが言った。

「長《おさ》、いとこ」男は自分を指さした。「狩り、行った」そして猟銃を撃つ真似をした。

「どれくらいの期間です」マギンは言った。自分でも気づかぬうちにまた吸いさしに火を点けていた。人々は何一つ理解できないにもかかわらず、しんと静まり返っていた。

「行った、二日。二晩。それからひどく寒い。雪降る。五週間、行ったまま」男は片手の指を広げて上げた。それから自分を指さした。「私、もうすぐ長」彼は笑った。

マギンは咳き込みはじめ、老人は立ち上がって向こうに行くと酒を飲んだ。マギンは息が苦しく、目に涙がにじんだ。やがて押さえきれずに泣きだした。酒を飲みすぎていた。

しばらくすると女たちは縫い物を片付け、細くふるえる蠟燭の灯のそばで外套やショールをはおった。男たちはパイプの灰を落とし、互いの背を叩いて戸口に向かった。女たちがあとに続いた。人々がみな去ってしまったあと、マギンはひとり真っ暗な臭い部屋に座り、心を落ちつけようとした。だがだめだった。彼はしばし自分がエンジニア・クラブの喫煙室にいるつもりになった。ハリーがクロークから戻ってくるのを待っているところ。頭がくらくらした。それから自分が今いる場所を思い出し、あわてて立ち上がった。またはぐれるのが恐ろしかった。

彼は外に出て、薄明るい雪とその向こうの森を見た。帰り道がどちらの方向か思い出せなかった。暗い景色の中、何か見覚えのあるものはないかと探した。かすかな物音に振り返ると、小さな影が雪の上を動くのが見えた。最初に近づいてきたのは小さな痩せた白い犬で、身を固くして立ち止まり、彼のほうに鼻面を上げた。続いて大きな犬が、膨れた腹で歩きにくそうに近づいてきた。すりきれた黒い皮が太鼓のように張りつめていた。一頭また一頭と犬の数は増え、ついに小さな群れが彼を取り囲んだ。彼は犬にくれてやるものを何も持たなかった。身をかがめ、白い犬の頭を撫でた。頭蓋の丸みが掌《てのひら》に感じられた。犬は動かなかった。急に唸り声をあげて嚙みつかれるのを恐れて、彼は手を引っ込めるとそろそろと歩きだした。心臓が激しく鳴った。空き地の端に立っている曲がった松の木に見覚えがあった。そのそばに小径が見つかった。

犬どもは彼の数フィート後ろを、雪にくぐもった足音を立ててついてきた。彼は落ちつかなかった。小屋が見えてくると、背後で一頭が唸り声をあげた。振り返ったとたん白い犬がズボンの裾に嚙みついた。さらに唸り声をあげ、頭を左右に振った。布地が裂ける音がして、彼は駆け出した。老いた脚は思うように動かなかった。犬どもは後になり先になりしながら彼の足首に嚙みつこうとした。小屋に着いた。把手に取りつくと、犬は後ずさった。彼は中に入り、立ち止まって息を整えた。喉をえぐられるようだった。窓の外では犬どもがうろうろと歩きまわり、彼の足跡を嗅ぎ、戸口のほうを向いて地面に尻をつけて座った。マギンは小部屋に入り、新しい葉巻に火を点けた。服を着たまま寝台に座り、葉巻を吸って気を鎮めようとした。土間で葉巻の火をもみ消し、薄い毛布にくるまって横になった。寝つくまでに長い時間がかかった。

夜の間に寒さのために何度も目が覚めた。明け方近くにやっと眠りが深くなり、それからまた浅くなって、胸が痛む夢を見た。夢はしだいに生々しさを増し、ついに目を開けて桃色に染まった窓を見たとき、左の肺で暴れる痛みが夢ではないことに彼は気づいた。起き上がることすらできなかった。葉巻が吸いたかったが、吸うのがためらわれた。彼はじっと横になって天井を見上げ、痛みと戦った。痛みの波が襲ってくるたびに抗《あらが》い、痛みが引くと体の力を抜いた。

奇妙なことに、前の夜に聞いたことも、日の光の中ではそう絶望的には思えなかった。村の長は兄とともにどこかに行った。村人たちは彼が死んだと考え、新しい長を選ぼうとしている。彼らは兄も死んだものと思っている。だがそうではない可能性もある。もしかしたら兄は病気か怪我をしたのかもしれない。どこかで誰かの庇護のもとにあるが、それを知らせる手だてがないのかもしれない。だがマギンは、自分がこの地に来たのは愚かなことだったのではないか、その報いを逃れることはできないのではないかという思いを振り払うことができなかった。大きく息を吸おうとしたが、痛くてできなかった。痛みに抗ううち、やはり仕方がなかったのだと思えてきた。あのまま故郷にとどまっていることはできなかった。あそこには何もない。兄のいる場所にこそすべてがある。痛みがゆっくりと引いていった。半時間が経ち、昇りはじめた太陽に部屋がどんどん黄色く染まるころ、体を起こすことができた。

皺だらけでべとつく服が体にまとわりついていた。三日前に川を発って以来、一度も服を脱いでいなかった。寝台の下から鞄を出して開けた。清潔な肌着類が一揃い入っていた。彼は鞄をふたたび閉じた。ポケットに安全ピンが入っていたので、それでズボンの裾を留めた。息を吸い、自分の垢じみた体臭を嗅いだ。手櫛で髪を梳き、立ち上がった。痛みのために体がめっきり衰え、隣の部屋まで歩くのに膝がふるえた。

犬はいなくなっていた。戸口の前の足跡に女はおびえた。マギンはズボンの破れを指さし、昨夜の出来事を説明しようとした。女は枝を束ねた古い箒《ほうき》で足跡を消した。木々の根元の雪が黄色く汚れていた。

朝食に、マギンは夕食よりさらに少しのパンしか口にしなかった。たまらなくコーヒーが飲みたいと思いながら、冷たい茶をすすった。葉巻に火を点けたが吸う気にはなれず、ただ指の間にはさんでいた。それから外套を室内に置いたまま小屋の外に出た。照りつける太陽に目をしばたたき、手で庇《ひさし》をつくった。色素の薄い目は光に弱かった。森の奥で男たちの声が上がり、すぐにやんだ。鳥たちが絶え間なくさえずり、木々の間の静寂を小さく削り取っていた。彼は地面の踏み固められた小径を歩いていった。

森の中の空き地に出ると、ちょうど男が二人、向こう側の茂みをかきわけて出てくるところだった。大きな鹿の死体を後ろに引いていて、雪の上に赤い畝がついていた。鹿の腹が割かれ腸《はらわた》が出されるのを見ていると、胸が締めつけられるようだった。少し離れたところには犬どもがいて、今にも飛びかからんばかりに身を低くしていた。女たちが血や内臓を入れる皿やバケツを手に集まってきた。何人かの男たちが鹿の周りに集まって、枝角に触れたり脚を持ち上げて重さをたしかめたりしていた。マギンが近づくと、彼らは振り向いて笑みを返した。茶色い死骸は首を弓なりに曲げ、腹は落ちくぼんで雪の上に横たえられていた。若い雄鹿だった。いちばん小柄な男が湿った柔らかい手でマギンの手首をつかみ、鹿の枝角のほうに引き寄せて触らせた。角は和毛《にこげ》に覆われ、陽を浴びて温かかった。見ているうちに肺の痛みがぶり返してきた。背の高い鉤鼻の男が糸鋸を手に近づいてきたので、マギンは下がった。男は膝をつき、角を切りはじめた。細かな粉が筋になって雪の上に落ちた。暑い陽射しのなかそれを見ているうちに、マギンは目眩《めまい》がしてきた。膝の力が抜けて倒れそうになるのを二人の男に抱きとめられた。鉤鼻の男は角を失って丸くなった鹿の頭を雪の上に落とすと、片手に角を、片手に糸鋸を持って立ち上がった。マギンは大きな岩の上に座り込んだ。

数人の男が火を起こし、内臓を炙《あぶ》りはじめていた。真昼の太陽の下で炎はほとんど透明に見えた。森の縁《へり》では、犬どもが鹿の胃袋や腸を奪い合っていた。昨夜の老人が焼け焦げた木の枝を手にマギンの岩のほうにやってきた。枝の先には鹿の腎臓が刺してあった。老人はマギンの隣に腰を下ろし、なまくらのナイフで肉を一切れ削ぐと、親指で押さえてマギンに差し出した。

「食え」老人がトルスク語で言った。

マギンは胸が悪くなりそうだったが、仕方なく受け取って食べた。雪に指をこすりつけ、ズボンで拭いた。他の男たちは、犬と変わらぬ勢いで分け前の肉をあっと言う間に呑み込むと、ものうげに立ち上がって鹿を細かく切り分けはじめた。

胸の痛みはますます強くなってきた。わずかに痛みが途切れた隙に、マギンは横にいる老人に訊ねた。「私はいったいどうすればいい？」

老人は口を動かしたまま横を向いた。それから何か言ったが、その瞬間胸の痛みが襲ってきたので聞き取れなかった。痛みがやむと、彼は老人の腕に手を置いた。老人は口の中の肉を片頬に押しやってから言った。「待て。待て。いずれ報せ来る」そして肉の塊を舌で動かした。「一か月、二か月」

マギンは落胆で動けなかった。老人は肉を呑み込むと、居眠りを始めた。マギンは手に持ったままいつの間にか消えていた葉巻にふたたび火を点けた。最初の一服が肺に入ったとたん激しい痛みに襲われ、咳き込みはじめた。手巾《ハンカチ》に吐いた痰《たん》は薄桃色をしていた。彼は病が重篤であることを悟った。それでも、兄といっしょに故郷に戻ることはないかもしれない、もう故郷には戻れないかもしれないとは思わなかった。いつだって彼は戻ってきたし、いつだって兄は彼の知っている場所で生きていた。妻だけが、マギンの期待に反して逝ってしまった。

森の奥のほうで猟銃の音が響き、彼を物思いから引き戻した。森の空き地を大きな一枚の影が覆っていた。老人はいつの間にかいなくなっていた。体が冷えきっていたが、両手が雪の上の影と同じくらい青くなっているのを見るまでそれとは気づかなかった。吸う息が喉を刺し、脚にはまるで力が入らず、小径を歩きながらときおり立ち止まって休まなければならなかった。あと少しで小屋というところで、近くの茂みでがさりと音がした。木々を透かして見ると、雌鹿が地面に倒れていた。体から湯気が立ちのぼっていた。大きく波うつ脇腹の下の雪が傷口から流れ出る血で融けて、ぽっかりと洞穴《ほらあな》のようになっていた。両目は濡れて見開かれていた。マギンは気になって、小径を逸れて小枝や雪をかきわけ、鹿のそばに近づいた。

雌鹿は動かなかった。まぶただけが動いていた。だがマギンが近づくと鹿はふたたび暴れ、後ろ脚を茂みの中に突き入れて、頭で前に進もうとした。脇腹から血が噴き出した。それからまた動かなくなり苦しげに息をするのを、マギンは憐れに思って覗き込んだ。するとだしぬけに鹿の後ろ脚がふるえながら引き寄せられ、ついで勢いよく蹴り出されてマギンの胸を直撃した。

マギンは雪の上に仰向けに倒れた。意識が朦朧として、何が起こったかよくわからなかった。雪が髪の中まで浸み入った。

長い時間が経ち、ぼんやりとした影がいくつも近づいてきて、彼の周囲をぐるぐる回りだした。熱い息が耳や頬を舐め、飢えた獣の荒々しい悪臭が鼻孔を満たした。ついで人間の声、それから獣が唸り、キャンと吠える声がした。誰かが彼の体を動かした拍子に刺すような痛みが走り、彼は意識を失った。

夜中に目を覚ますと寝台の上にいた。何も覚えていなかった。毛布にすっぽりくるまれた体は熱に抗っていた。岩のような痛みが胸にのしかかっていた。枕は頭の下で硬く、骨が痛んだ。高熱で全身にふるえがくると、湿った服の下で肌がちくちく刺すようだった。目は眼窩の中で乾いて腫れぼったく、胸は空気を求めて上下した。全身がだるかったが、眠ると呼吸も止まってしまうような気がして必死にこらえた。だが疲労は少しずつ彼を呑み込んでいった。熱が全身に拡がった。手足がふるえて寝台の枠までが振動し、流れる汗が敷布団を濡らした。

まばゆいばかりの白い雪原だった。冷たい北風が吹き渡り、煙をたなびかせながら雪の表面に小さな穴をいくつも穿《うが》った。その穴の一つひとつから鼠ほどの大きさの鹿が這い出てきた。鹿たちは弱々しく光に目をしばたたきながら、蹄《ひづめ》で雪を踏みしめた。穴から這い出ようとしていた一頭に犬が躍りかかり、痙攣のような激しい動きで貪り食った。マギンは犬を追い払おうとして走り出し、穴に片足をとられた。彼は倒れ、巻き上がる雪煙で前が見えなくなった。冷気が骨まで凍みとおり、体が激しくふるえだした。部屋を満たす薄暮の中で、彼は掛布を手で探った。手に触れた毛布は火のように熱かった。体に力が入らず、それをつかんで体に引き上げることもままならなかった。

彼は白い窓に目をやった。遅く昇った月が窓枠の上にかかり、床に灰色の光を落としていた。

腐った床板が柔らかくなり、くぼみはじめた。木が崩れ、床下の暗闇の中に白髪の男の顔があるのが見えた。どれだけ長いことそこに横たわっていたのか、肌は鋼《はがね》のような灰色で斑点が浮いていた。マギンが見ていると、死人は落ちつかなげに身じろぎし、目を開いた。

マギンは激しい動悸とともに目を覚ました。窓の外には太陽の大きな円があった。暗闇を探して顔を反対側に向けると、戸口の向こうに女が立っていたが、彼には誰だか思い出せなかった。女は後ずさりした。小屋の中をいくつもの影が動いた。彼は恐怖を嗅ぎ取った。

「行かないでくれ」彼は言った。壁の向こうから自分の声がこだまとなって囁き返し、彼を混乱させた。

「私はここだ」彼は言った。

こだまは止んだ。目の落ちくぼんだ白い顔たちが、覗き込むようにして戸口の前を通りすぎた。いくつものか細い手が床の穴と、象牙色のこわばった死人の顔を指さした。太陽が熱を増して毛布の羊毛を炙り、彼を窒息させにかかった。絡みつく毛布の軛《くびき》から逃れようとして彼は着ている服を引っぱり、くたびれた布地に指で穴をあけた。呻きながら肌をかきむしり、熱に浮かされた自分の体をどうにかして脱ぎ捨てようとした。陽が翳《かげ》るころには疲労困憊していた。彼は夢も見ずに深く眠った。

次に目を開けると、部屋はふたたび黒かった。女の立てる鼾《いびき》が聞こえた。喉が渇いていた。

「起きてくれ」そう言ったが、声は弱々しかった。浅く息を吸い込み、つのる痛みに耐えながらもう一度言った。咳をすると、痰で喉が詰まった。女は寝床の中で寝返りをうっただけだった。彼はあきらめて横になり、夜明けが女を眠りから引き離すのを待った。身をよじり、燃える脚から少しずつ毛布をはいだ。涼しい風が肌に吹いた。

朝になると痛みは喉にまで広がり、唾を飲み込むたびに目に涙がにじんだ。太陽は彼の闇をあざけるように寝台の上に照りつけ、衣の裂け目からのぞく彼の手足をてからせた。目に入る彼の体はひどく衰えていた。腕は肉が削げ落ちて血管が浮き、皮膚が羊皮紙のようだった。肺はほとんど空気を体内に取り込むことができなかった。胸はそれとわからないほどかすかに上下するだけだった。

彼は自分をこの世界につなぎとめる音を求めて、早朝の空気に耳を澄ませた。鳥の声が森の中を輪を描きながら遠ざかり、また戻ってきた。犬が一度だけ吠えた。男の声が何かを叫び、そばで別の声がそれに応えた。土間に足がこすれる音が近づいてきて、マギンが目を上げると戸口のところに女の顔があった。

「ニン」女は言って、笑った。

マギンは体を起こそうとしたが、腕に力が入らなかった。

「オー、ノー。ノー、ノー、ノー」女は怯えた顔つきで頭をのけぞらせ、英語でそう叫んだ。

「聞いてくれ」マギンは言った。

「ノー、トゥク。ウウルク、ウウルシュ」

マギンは女から顔をそむけた。痛みで耳が聞こえなかった。

女は慌てたように小屋の扉に駆け寄り、外に向かって叫んだ。「ラッカック、トゥク！　ノー、ノー！」マギンの耳に人々が集まってくる音が聞こえた。服の擦れるかすかな音、ついで彼の部屋の戸の外の地面が揺れた。

大勢の人間が小屋の中にひしめき、室内を焚火と煙草の匂いで満たした。

「トゥク。プシュシュト、ウウリル」一人の男が小声で言った。

マギンは自分の上に覆いかぶさる群れから逃れるように丸くなった。

「ニン」と女が言った。

「ノー、トゥク、ノー、プシュト、トーリ」別の男がマギンの上に屈み込み、顔に息を吐きかけながらそう言った。

マギンの中で、静けさを求める気持ちと恐れとが刻々と狂おしく高まっていった。独りになりたかった。メアリのことを思い、呼吸《いき》をし、眠りたかった。

室内にはもう空気が残っていなかった。マギンの視界が急に暗くなった。彼は自分の上に集まった顔の中にあの白髪の老人を探そうとあがいたが、見つからなかった。女はにこやかに笑っていた。腕を上げようとしたが、重すぎた。彼は女を目でとらえると、トルスク語で話しかけた。

「水をくれ」

女はそれを理解せず、顔からは笑みが消えた。

黒い髭を生やした男が寝台の近くに立ち、パイプをふかしながら無言でマギンをしげしげと見下ろしていた。マギンはほとんど息ができなかった。喉が干からびて、唾を飲み下せなかった。

「ウォーター」彼はもう一度かすれた声で言った。

「ウォーター」いくつかの声が答えて言った。

すると黒髭の男が喉の奥を鳴らすような言葉を何語か言い、人々が激しい調子で言い合いを始めた。「ウウルク」と背の低い男が言った。「ノー、ツァテット、ラック！」別の一人が叫んだ。男たちの後について小屋まで来た犬どもが興奮して、一頭また一頭と戸の外で鋭い吠え声をあげた。マギンは気を失った。


彼が意識を取り戻すと、部屋には誰もいなくなっていた。きちんと考えようとしたが、思考はぼやけ、彼の手をすり抜けた。痛みが彼をぴったりと包み込んでいた。喉が焼けるようだった。

彼は仕切りの内壁に目をやり、視線で木目をたどっていった。木は黒ずみ、水の染みがついていた。彼は床を見た。でこぼこの土のところどころに雪の塊が落ちていた。天井に目を向けると、梁《はり》の上で濃さを増していく闇があるだけだった。彼の目は外壁に向けられ、石を一つひとつたどっていって窓に行き着いた。ガラス窓の向こうにはたくさんの顔がひしめき、こちらを食い入るように見つめていた。

彼はぎょっとして顔をそむけた。指が窓枠の上を這い回る音が聞こえた。窓の下で雪がざくりと鳴った。彼は自分の力を計るように寝藁を両手で握り、ふたたび声が聞こえてくるのを待った。

祖国を遠く離れて

彼女が最後に比喩を使ったのは、いったいいつのことだろう！

いっしょにいる

私は学生が好きだ。彼らといっしょにいるのが好きだ。ここにいる彼らのことが好きだ——彼らが不確定の未来の中にとどまっていてくれるかぎりは。彼らには私の未来のどこかにいてもらわなければならない。でないと彼らは私の中からいなくなり、一日じゅう話しかけていることができなくなってしまう。でもその未来には永遠に来ないでもらいたい。教室で実際に彼らと向き合うのはとても苦しいことだから。問題は学生たちに、ここに——私の頭の中に——いてもらうためには、まずその未来を現実にして、彼らと向き合うというつらい代償を払わなければならないということだ。

似たようなことは、私がまだ返事を書いていない手紙とのあいだにも起こる。もし私がそれらに返事を書いてしまえば、私の返事を気長にあるいは気短に待っている人たちは、私の中で存在するのをやめてしまう。もし私が返事を書けば、こんどはその人たちの中で私が存在を始める場合もあるかもしれない。だが私は——それが理由だと認めはしないものの——それらの手紙に返事を書かない。もちろん身勝手だし、言うまでもなく失礼なことだ。じっさい、たまには返事を書くこともある。でもたいていは何週間、何か月、一年以上、何年と返事を書かないまま時がたち、ついには永遠に書かずじまいということもある。返事を書くのにあまり時間をかけすぎたために、相手が転居してしまったことも何度かあった。一度などは、ハガキに返事を書かずにいるうちに友人が死んでしまったこともあった。

だが、もしかしたらその人たちは私の返事などもう待っていないのかもしれない。とっくに私に関心を失っていて、いっしょにいるなどというのはただの幻想なのかもしれない。彼らの書いた親しげだったり中立的だったりする言葉は、いろいろな便箋に書かれ、さまざまな封筒に入れられて今も残っているけれど、私が返事を書かなかった手紙の差出人であるその人たちの頭の中では、私のことを考えたときに（仮に考えたとして）浮かぶ言葉はもはや親しげでも中立的でもなく、よそよそしく否定的で、呪詛に満ちたものかもしれない。私は彼らといっしょにいると信じこんでいるけれど、全然そうではないのかもしれない。けれども、もしかしたら信じるだけで十分なのかもしれない。相手がどう思っていようと、とにかく何らかの形で私は彼らといっしょにいるのだと言えるのかもしれない。

私がたまに返事を書くと、何週間もたってから、そっけない、事務的な返事が届くこともたしかにある。でもたいていの場合すぐに、それも長くて情愛あふれる、心から嬉しそうな返事が届く。すると私はその寛大な人々といっしょにいることの喜びに、またしてもそれらをベッドサイドや机や書類の山の上に、返事を書かないまま何週間、何か月、何年と置いておくことになる。

財政

二人は自分たちの関係が対等かどうか知るために足し算や引き算をしてみるが、うまくいったためしはない。あなたの貢献ぶんは五万ドル、と彼女は言う。いいや七万ドルだ、と彼が言う。どっちだっていいじゃない、と彼女が言う。俺はどっちだってよくない、と彼が言う。彼女が提供したものといえば、成長期の子供が一人。これは資産なのかそれとも負債なのか。はたして彼女は彼に感謝するべきなのかどうか。彼に対して感謝の気持ちを感じないではないが、それは恩義とか借りがあるとか、そういうのとはちがう。もっと平等な感じであってもらいたい。わたしはあなたといて楽しいし、あなたもわたしといて楽しいでしょ、と彼女が言う。あなたがわたしたちを扶養してくれていることには感謝するし、あなたは彼をいい子だと言ってくれるけれど、たしかにわたしの息子はときどきあなたに迷惑をかける。でもそれを数値化する方法はない。わたしがわたしの持っているものを全部出して、あなたもあなたの持っているものを全部出す、それで対等ということにならない？　ならないね、と彼が言う。

変身

あり得ないことだが、それは起こった。いきなりではなく長い時間をかけて、奇跡としてではなくごく自然なこととして、あり得ないことだが、それは起こった。この町で、ある娘が石になったのだ。ただ、たしかにその娘は元からふつうの娘とはすこしちがっていた。彼女は木だったのだ。木というものは風にそよぐ。だが九月の終わりごろから娘はだんだん風が吹いてもそよがなくなった。何週間かが過ぎ、ますますそよがなくなった。ついにはまったくそよがなくなった。娘が落葉したとき、葉はなんの前ぶれもなく、すさまじい音を立てて突然落ちた。葉は石畳に叩きつけられ、粉々に砕けるものもあれば無傷なものもあった。そのたびに石畳に火花が上がり、白い粉が小さく飛び散った。人々は、私はやらなかったが、娘の葉を拾い、暖炉の上に飾った。どの家の暖炉にも石の葉が飾ってある、そんな町は他にはなかった。やがて娘は灰色に変わりだした。みんなはじめは光の具合だろうと考えた。我々はよく二十人ほどで彼女の周りを取り囲み、額に皺を寄せ、目の上に手をかざし、ぽかんと口をあけて――みなほとんど歯がなかったから、これはちょっとした見ものだった——娘が灰色に見えるのは時間帯のせいだとか、季節の変り目だからだなどと言いあった。だがじきに娘はもう疑いようもなく、はっきりと灰色になってしまった。ちょうど何年か前、娘がもはや人間ではなく、はっきり木になってしまったと認めないわけにいかなくなったように。だが木は木であって、石となると話はべつだ。人間がものごとを受け入れるにも限度というものがある。たとえあり得ないことであってもだ。

姉と妹（Ⅱ）

1

妹が店で暇をもてあまし、呼び鈴を鳴らす。姉はゆっくり階段を下りてきて、なぜ呼び鈴を鳴らしたのかと妹に訊ねる。

理由は簡単だ。姉が下りてくるところを見たかったのだ。姉はひどく太っていて動きがのろい。階段はたわんで軋み、姉の息はあがり、まるで今も父親と手をつないでいるみたいに手すりを握りしめ、肉に埋もれた膝が互いにこすれあう。妹にはそれが愉快でならず、朝の退屈をまぎらわすにはもってこいなのだ。

妹はそれを口に出しては言わない。口に出して言うのはこうだ。「きのうの帳簿、まちがっていたわよ」姉は何度も帳簿を見なおすが、むろんまちがいは見つからない。服は腕のあたりがはち切れそうで、長いこと立ちづめなせいで足首はむくんでいる。

姉に勘づかれてしまうから、あまりしょっちゅうこれをやるわけにはいかない。だがそのせいで、この遊びは妹にはよけいに面白い。

2

もう子供でもないのに、姉と妹は一つのベッドで眠らねばならない。二人はべつべつの夢を見、朝になると用心ぶかく互いにその夢を隠す。たまに寝台の中で体が触れあうと、熱いものにでも触れたようにさっと身を引く。眠りは浅く、寝覚めもわるい。片方が早くに目を覚まし、便所に行き、もう一度眠りなおしたいと思う。だが、もう片方が朝の陽に温められて豚のように寝汗をかいている寝床に戻っていくことを思うと、そんな気持ちも引っこんでしまう。

3

柱のような太腿の、わたしの姉。ジャガイモを食べるとき、姉はまるで革命でも率いるように、ジャガイモが民衆ででもあるみたいに食べる。いやまさか。でも、ならばあの人のこの情熱は何なのだろう。料理をテーブルに置いたとたん、姉のどんよりした目が鋭く光るさまは見ていてぞっとする。料理ばかりか、わたしや、わたしのあわれな人生まで食らい尽くされそうで恐ろしい。姉の笑い声に比べれば、わたしの笑い声は蔦《つた》の茂みの中の小鳥のさえずりだ。いやちがう。姉はけっして笑わない。わたしもけっして笑わない。それでも姉の沈黙はわたしのそれよりずっと巨大で、わたしの沈黙など、まるで雨雲のなかのちっぽけな一筋の煙のように思える。

4

ある日、妹は姉の顔を平手で打った。自分の人生へのやり切れなさと退屈からしたことだった。妹はすぐに後悔した。姉を傷つけてしまったからではない——姉は頬に手を当てて棒立ちになり、帽子は床に転げ落ちていた——そうではなく、姉がこれから先何か月も泣いたりむせんだりしながらこのことを蒸し返し、妹に恥と怒りを味わわせるにちがいないからだ。姉をどうにかして貶《おとし》めたい、いっそ滅ぼしたいと思ってしたことなのに、逆に新たな威厳を与えてしまったのだ。

5

姉と妹は岩のごとく互いに口をきかない。同じ親から生まれたという以外、二人には何ひとつ共通点がない。一人は朝が早く、一人は遅い。一人は動物性のものを食べず、一人は全粒の穀物を食べない。一人は夏に汗疹《あせも》ができ、一人はウールが着られない。一人はよその男が怖くて映画館に行かず、一人はテレビを観ない。選挙のたびに二人の投票は互いを相殺し、どちらも存在していないのと同じになる。ただひとつ、相手を信じていないところだけが似通っている。

ボイラー

父は聴力に難があり、電話に出たがらないので、私が電話で話すのはもっぱら母とだ。たまに母が話の途中で急に言葉を切り、背後で声がして、母が私の名前を言い、また黙って相手の言うことを聞く。それで私は、電話の途中で父が部屋に入ってきて、誰と話しているのかと母に訊いたのだなとわかる。たまにそこで父が私への質問をよこすこともあるが、たいていは私とは関係のないことを母に訊ね、私は二人の会話が終わるのを受話器を持ったまま待っている。それからまた母と私がしばらく話していると、父がふたたび部屋に入ってきて、さっき言い忘れたことを言ったりする。背後で父の声がすると、私は母との会話を中断し、父と母が話しおわるのを待つ。たまに母が父を無理に電話口に出すこともある。「自分で言いなさいよ」などと言いながら。父は電話に出ると、もしもしとも何とも言わず、いきなり私に言いたいことを言い、それじゃあとも何とも言わず行ってしまう。電話を代わると母は言う。「行っちゃったわ」

昔から電話嫌いだった父だが、手紙はよくくれる。中身は何らかのアドバイスか、最新の情報

（と父が考えるもの）の伝授である場合が多い。一時期、父と私はかなりの頻度で手紙のやり取りをしていた。何かを規則正しく系統だててやることの少ないわが家にしては珍しいことだった。それから何週間か父からの手紙はとだえた。たぶん私のほうが父の最後の手紙に返事を書かなかったのだろう。私が母を通じてまた手紙がほしいと言うと、父は地元紙の「事件簿」欄の切り抜きを送ってきた。上の余白には父のこんな書き込みがあった――〝ケンブリッジ社会の暗部〟。横の余白にインクで黒々と線を引いている箇所もあった。〈……その口論にジェファーソン・パーク在住の男が加わり、刃物のようなもので少年の右目の下を切った。その隙にジャクソン・サークルの男が自転車を盗み、のちに警察はジャクソン通りに住む別の男がその自転車に乗っているところを取り押さえた。警察はジャクソン・サークルの男、ジャクソン通りの男およびジェファーソン・パークの男の三人を凶器使用（ナイフ）および強盗の容疑で逮捕した。〉

べつの切り抜きにはこんな一文にアンダーラインが引いてあった。

〈警察は長刀二本ならびに肉切り包丁一本を押収した。〉

〈午後十時、「キャンタブ・ラウンジ」の女性従業員より、退店を促した客からグラスを投げつけられたとの通報。〉

〈ケンブリッジの住民男性より、「エディの店」入口でゴミを撒き散らしていた人物から爪切りバサミで襲われたとの通報。〉

〈リンジ街の住民女性より、自分の娘にグラスで頭を殴られたとの通報。〉

〈リンジ街の住民女性より、近隣住民二人に大きなブローチで襲われたとの通報。〉

この切り抜きの上の余白には〝風変わりな凶器シリーズ〟と書き込みがあった。

そのあと父は自分が寄稿した記事を送ってきた。父は折にふれて、聖書や宗教に関することについて新聞に寄稿したり投書したりすることがあった。記事も投書も切れ味がするどく、私もしだいに聖書や宗教に関することに興味をもつようになった。

そのとき送ってきたのは「非情な切断《ジ・アンカインデスト・カット》」と題する割礼についての記事で、いきなり〝男性器〟についての一文からはじまっていた。父は記事の上の余白に細く震える字で、これは無理に読まなくてよろしい、君の夫も無理に読む必要はない、と書いていた。もちろん本心からそう書いているのだろうが、父は手紙や記事にしょっちゅうこの手の断り書きを書いてくるので、いつも無視することにしている。

だがいざ読もうとすると、自分の父親が書いた男性器についての文章というのは読むのになかなか抵抗があった。夫に私の代わりに読んで要点を教えてほしいと頼んでみたが、夫もあまり気が進まない様子だった。私はどうしたものかと思った。父とのあいだでこの話を持ち出すことじたい、ばつが悪かった。だがぐずぐずしているうちに、いつしかそのことも忘れてしまった。父もとっくに忘れてしまっているようだった。父の記憶力が年々覚束なくなりつつあるのは本人も母も認めるところだ。

けれどもその前に父がしばらく続けて送ってきた手紙は、父の生家についての思い出話だったのだ。父の両親のほかに、祖母が二人と少し気のふれた祖父が一人、メイド、コック、しょっちゅう入れ代わる掃除婦、祖母たちの付き添い看護婦たち、祖父の（これもやはりしょっちゅう入れ代わる）付き添い看護人たち、という大所帯だった。家の持ち主は父の父方のほうの祖母だったので、誰も彼女に頭が上がらず、それが父の母の癪《しゃく》の種だった。私もその家を見たことがある。両親が暮らす家のすぐ近くに今もあるその家は、それだけ大勢の種々雑多な人々が一つ屋根の下で暮らしていたにしては驚くほど小じんまりとしていた。前回この家が売られたとき、父はそのことを新聞で知って、新しいオーナーに手紙を書いた。自分はこの家の二階の通りに面した部屋で産まれた、小さな納屋の屋根裏でよく遊んだ、そう書くとオーナーは喜んで、父に家の写真を何枚か送ってきた。

父は私にもその家のこまごまとしたことを書いてきて、その途中で、ここから先は退屈かもしれないから斜め読みするか、いっそ読み飛ばしてくれて構わない、と断りを書いた。ほぼ一世紀ぶりに記憶を掘り起こそうとしているだけなのだから、と。だが私は逆にもっと詳しいことを教えてほしいと父に手紙で催促した。当時の暮らしぶりについて、できるだけ多くのことを知りたかった。当時のことを知る世代がどんどん少なくなってきて、記憶すらも消えようとしているいま、これはとても貴重なことだと思ったのだ。

つい最近何度かやりとりしたのは、父の生家にあったボイラーについてだった。父があの家に住んでいるあいだにはさまざまな変化が起こったが、元からあったものはそのままに、そこに新しいものがどんどん付け足されていったのだという。たとえば新しく導入されたガスの調理台は、石炭の調理台の横に並べて設置された。ものによっては石炭のほうが経済的かもしれないと父の祖母が考えたからだ。地下室に新しく灯油のボイラーが入ったときも、元からの石炭の大きなボイラーは据え置かれた。電灯がついたときもガスの明かりは残された。嵐が来たら停電になるかもしれないと祖母が言うので、二つを併用することにしたのだ。

掃除婦の一人は一日の仕事が終わると台所で長い髪を櫛でとかし、身だしなみを整えた。そして櫛にからまった髪の毛を取ると、それを調理台のストーブの中にではなく――それをするには鉄の蓋を持ち上げなければならなかった――上にのせ、髪は燃えて灰になり、誰かが気がついて払うまでずっとそこにあった。

父によれば、昔は「ボイラー屋」というのが毎朝七時にやってきて、ボイラーの大きな釜を揺すって灰と燃え滓を落とし、二つある大きな石炭箱のどちらか一方から石炭をつぎ足していったのだという。石炭箱は側面の板が手前に開いて、床に平らに置けるようになっていた。最初のころのボイラー屋はフランクといったが、歳のせいで人の名前が覚えられなくなった父の祖母は、その後のボイラー屋も代々みんな「フランク」で通した。冬のいちばん寒い時期には、ボイラーはつねに心配の種だった。父の父が家にいるときでも、祖母は自分で地下室に下りていってボイラーの様子をたしかめ、それから息子の腰を上げさせるためにわざと何か大きな音がするようなことをした。そのたびに父の父は「母さん！　母さんたら！」と怒鳴って床を踏み鳴らし、地下室に通じる階段を駆けおりていった。地下室の階段には手すりがついておらず、両側から下の床まではうんと高さがあったので、祖母は下りてはいけないことになっていた。光といえば、開いた台所のドアと、庭に面して地面の高さに開いた小さくて汚れた窓から射す外光、それに天井から引いたガス管の先にともった弱々しい炎――それと同じ管は祖母の部屋にも引いてあって、祖母が髪の毛用の鏝《こて》をあたためるのに使っていた――より他になかった。

灰の回収日になると、ボイラー屋は灰の入った樽をかついで地下室から庭に通じる階段を上がっていった。冬には通りから階段の入口まで、板を渡して通路をこしらえた。ボイラー屋はその上を――あるいは板がない日には細かな砂利の上を直接――樽を斜めに傾けて転がしていった。石炭の配達の際にも同じ板を使ったが、このときは二人がかりだった。一人が背負った背負子《しょいこ》の中にもう一人がシャベルで石炭を入れ、背負ったほうはそれを庭まで運んでいき、体をひねって地面に下ろし、シュートに中身をあける。父が子供の頃は、石炭の配達は馬車でやっていた。父の記憶によれば、平日に家の前の通りを行き来する荷馬車はすくなくとも三台あった。氷や石炭、牛乳、食料品、果物、野菜、それに速達小包を配達する馬車、行商の馬車、それから古新聞や金物の払い下げ屋の馬車。手回しオルガンも馬に牽《ひ》かれてやってきた。

父がボイラーやそれに付属する道具類についてことこまかに語るのを読んで、私も地下室に下りていって、自分のところのボイラーをもっとよく観察してみた。我が家は築百年もしくは百五十年で、これはどの公文書を信じるか次第だ。ボイラーはおそらく四十年ほど前に石炭からガスのものに変わっていた。付属の道具類はまだそのまま残っていた。石炭箱の底には石炭バケツが置いてあったし、壁にはハッチを開けるための先が分かれた鉄の棒がかかっていた。目をあげると、石炭箱の上に長くて頑丈な木の板が二枚しまってあった。父の手紙の、雪の日に石炭を運び入れる話を読んだあとだったので、石炭を配達するのにこの家でも板を敷いていたのだとすぐにわかった。新たな発見に胸がおどった。

きっと父は自分の石炭ボイラーほどには私の石炭ボイラーに興味をもたないだろうとは思ったが、この発見のことを手紙で報告した。そもそも年寄りというのは自分の思い出に気を取られすぎて、現在のことにはあまり興味をもたないものだ。もっとも、父が他人の意見より自分の意見に興味があるのは昔からのことだった。

父は人と会話したり人の話を聞いたりするのは好きだが、他人の意見となると、もっと面白い自説を展開させるための出発点として使う以外のことを知らない。たしかに父の意見は面白く、たいていはその場でいちばん面白いのが父の意見だったりする。父はディナーパーティでもいつも面白かったが、最近では歳のせいで、パーティを中座して少し横になりにいくようになった。

父と母にとって、ディナーパーティは結婚当初から生活の重要な一部だった。パーティは参加する側にも技量がいるし、主催する側にもテクニックが必要だった。ことに求められるのはテーブルでの会話を舵取りする技術だった。無口な人の口を開かせ、しゃべりすぎる人を黙らせるにはコツがある。父と母は今でも社交好きだが、年齢のハンデのせいで、できることにも限りがでてきた。最近では人を招《よ》ぶのも夕食ではなくお茶の席で、そんなときでも父は中座して少し横になりにいく。

母は今もコンサートや講演に行くが、父はもうめったに行かない。二人いっしょに出かけた最後は、とある図書館で開かれた誰かの大きな誕生パーティだった。世界各国から四百人もの人が招待されていた。母がそのときのことを私に話してくれたなかで、パーティの最中に父が転倒したことがわかった。怪我はなかった。父が転んだとき、母はべつの部屋にいた。

父は足元が不安定で、ここ数年のあいだに何度も転んだり転びかけたりしている。保健師が両親の家に来て、二人が安全に生活できるように家の中をどう改善したらいいかアドバイスしてくれるというので、私も立ち会った。保健師は家での父の様子をしばらく観察した。父は頭が大きく重く、体は痩せてひ弱だ。それに頭を急に後ろに反らす癖があり、その拍子に体のバランスを崩すことが多いようだと保健師は指摘した。だからその癖をあらため、かつ家の中でも歩行器を使うようにしたほうがいい、そう言った。保健師は感じがよく親身だったが、とても精力的で声も大きかったので、父はしまいには熱気に当てられて対面に耐えられなくなり、部屋を出て横になった。母によると、それ以降父はなるべく歩行器を使おうと気をつけてはいるのだが、家のあちこちに置き忘れてしまい、けっきょくそれを探して歩行器なしで家じゅうを歩きまわるはめになるのだそうだ。

電話で母に父の具合を訊ねると、母はたいてい声をひそめる。そしてきまって、お父さんのことが心配だ、と言う。もう何年も心配しつづけている。昔はなかった新しい父の言動を目にしては心配している。じつはそれら父の言動は今に始まったことではなかったし、母はつねに何かを心配しているのだが、母自身はそのことに気づいていない。父がふさぎ込んでいるといって心配することがある。父がヒステリックに怒り散らすのを心配した時期もあった。ついこのあいだまでは、父がスクラブル・ゲームに異常に熱中するのを心配していた。その次は父の物忘れがひどく、結婚してからのいろいろな出来事を忘れていたり、親戚の誰かの名前を何度も呼びまちがえたり、時には名前を聞いても誰だか思い出せなかったりすることを心配しだした。

つい最近転倒したあと、父は理学療法を受けるためにしばらくリハビリ病院に入院した。母が驚いたことには、父は他の患者仲間とキャッチボールをしたり、お手玉投げ競争をしたりするのを嫌がらなかった。そんな人ではなかったのに、と母は言った。もしかして子供返りしているのだったらどうしよう、と言った。皆に世話を焼かれることや、あそこの食事を気に入ったのではあるまいか。退院後の父は食欲があまりないのだと母は言った。もう自分の料理が嫌いになったのではないかと心配だ。そのいっぽうで、父は書きかけだった原稿を仕上げたりもしていた。

一年ほど前、母のほうが重病で入院したとき、父と私は付き添いの病室を抜け出して、食事のできそうな店を探しに外に出た。五月の寒くて風の強い夜だった。病院に近い街の中心部で、あたりは明るく灯のともった高層ビルばかりだった。頭上には歩道橋がかかり、両脇には地下駐車場の入口が並んでいたが、車の往来はまばらで、歩道に人の姿はほとんどなかった。父は足元が不安定だったので、私は歩道の縁石や継ぎ目のでこぼこのたびに注意した。父は何が何でもアルコールの飲める店を探す気でいた。私たちは、とある高層ビルの中の閑散としたショッピングモールのようなところに入った。人けのない通路を歩き、空っぽのウィンドウをいくつか過ぎ、階段を少しのぼったところにバーのついたレストランがあり、がらんとした表通りからは想像もつかないくらい大勢の客でにぎわっていた。私たちは席について少し話したが、父は酒を頼むのに気を取られていて、忙しそうに立ち働いてなかなかこちらに来てくれないウェイターの姿を目で追っていた。私は内心、もしかしたらこれが父と外で食事をする最後になるかもしれないと考えた。しかもずいぶんと湿っぽいものになりそうだ。

ここからそう遠くない高層ビルの上階には、珍しい血液の病気を患い、それの治療の引き起こすさまざまな病気に次から次へ苦しめられている母が横たわっていた。私たちは母の死を覚悟していたが、父はときどきそのことを忘れてしまうのか、ある日母の調子がよければすっかり上機嫌になり、いつものようにあれこれ冗談を言いだした。そして次の日訪ねていって家族の誰かが泣いていると、沈んだ顔になった。

父はなかなか酒を注文できないことにしびれを切らして立ち上がり、ぐらつく体を杖で支えた。ウェイターがやって来た。父はカクテルを頼んだ。父がそれほどまでに飲みたがっていたものはパーフェクト・ロブ・ロイだった。

父は耳の聞こえが悪く、目もあまり見えないので、一時は私が調子はどうかと訊ねるたびに、目と耳と足腰と記憶力、それから歯が悪いほかはおおむね元気だ、と答えていた。ある程度以上に小さい活字を読むときは眼鏡をはずして、紙を鼻すれすれに近づけて読む。昔は私が母に父の調子をたずねると、母は「元気よ、今日だって神学図書館に出かけたくらいだし」と答えたものだった。やがて本の題名を読んだり、かがんで本棚の下のほうにある本を取ったりできなくなったので、図書館と名のつくものにはまったく行かなくなってしまった。そのうちに足元がひどく危なっかしくなってきたので、一人で出かけることじたいが難しくなった。いちど通りで転んで後頭部を打ったことがあった。車で通りかかった知らない人が携帯電話で救急車を呼んでくれた。

理学療法のために入院したのはその後のことで、退院してからはもういっさい一人で外に出なくなった。前回私がクリスマスに実家に帰ったときは、父は居間で大きな辞書を読むのにもライトつきの拡大鏡がないとだめだ、と言っていた。

父は前々から辞書で物を調べるのが趣味で、ことに好きなのは語源だった。だが母は、最近の父が語源に興味があるを通り越して、ほとんど語源に取りつかれたようになっていると言って心配する。たとえばお茶会での会話の最中に、急に立ち上がって客の使った言葉の由来を調べにいく。そして帰ってくるとまた会話をさえぎって、調べた結果を報告する。図版入りの辞書も昔から好きだった。よく辞書に載っている図、ことに目鼻だちの整った女性の像をしげしげと眺めた。クリスマスに、お気に入りの〈アイスランド大統領〉の写真を見せられたことがある。

私はふたたび我が家のボイラーを見に地下室に下りた。数日後に古いのを撤去して、新しいものに交換することになったからだ。石炭箱の底には灰色の埃が厚く積もっていた。側面の木の板は深い色合いで、ぴっちりと隙間なく合わさっていた。底には石炭バケツと石炭シュートの金属部品がいくつか転がって、なかば埃に埋もれていた。新しいボイラーを据え付けに来る人は石炭箱の側面を取り払ってしまうだろうかと夫に訊いたところ、それはないだろうとの答えだった。

地下室での発見について父に手紙を出したあと、父から来た返事には、またべつの子供時代の思い出、そして石炭配達夫にまつわる、これは大人になってからの思い出が書かれていた。ある日父が私の姉を助手席に乗せて車を運転していると、ついいましがた起こったばかりの事故現場に遭遇した。二人の男が石炭を配達していた。配達トラックをとある家の車寄せに斜めに停めていた。運転手はその家の住民と、おそらくは配達について何か話し合っていた。助手のほうは車寄せの端にトラックに背を向けて立ち、通りの方を見ていた。トラックのブレーキが効いていなかったらしく、車は後ろ向きに車寄せを下がりはじめた。誰も気がつかなかったのか、それとも気づいて叫んだが間に合わなかったのか、運転手の助手は下がってきたトラックに轢かれて頭を潰された。父はいったんやり過ごして少し離れたところに車を停めると、姉に車から出ないように言い、事故を見に戻った。歩道の上、助手の割れた頭の先に脳がはみ出ているのが見えた。

見物に行ったのはまちがいだった、そのまま通りすぎるべきだった、と父は書いていた。そこから話は脳の構造のことに移り、その一件を機に、自分がつねづね考えていたことがますます説得力を持ったと述べていた。すなわち人間の意識というのは器官としての脳に依存しているので、死後も意識や人格が継続するなどとはとても信じられない。こういう考え方は形而上学的にはたしかにナイーブなのかもしれないが、幼少時より幾人もの狂人や躁鬱病者を――身内の人間も含めて――観察してきて得た確信でもある、と父は書いていた。かくいう自分自身も躁鬱気質である、そう父は付け加えた。そこから父は神の頭脳について語り、神を指して〝おそらくニューロンを持たぬ存在〟と呼んでいた。

我が家には新しいボイラーが入ってすでに動きはじめているが、家が前より暖かくなったような気はしない。前から寒かった部屋はあいかわらず寒いままだ。二階に上がると、はっきり温度が違うのがわかるのも前と同じだ。変わったことといえば、新しいボイラーにはファンがついていて、動いているときはその音が聞こえることくらいだ。今度のボイラーは前のに比べてずっと小型でぴかぴかしている。そのおかげで地下室の見映えは前より格段に良くなったので、いずれこの家を売るかもしれないことを考えると、それだけでも取り替えた価値はあったのだろう。私はやっと石炭箱を掃除して、石炭バケツとシュートの部品は、地下室の木で仕切られた一角にしまった。そこはまだ手つかずのままで、古い井戸のポンプやその他いろいろなものがある。

父とのあいだでしばらく続いたボイラーをめぐるやりとりも、父の幼少時の思い出をめぐるそれも、どうやら終わったようだった。最近の父の手紙はもう、地元紙の切り抜きにちょこちょこと書き添えたメモだけになってしまった。

私と夫に「マージョリーの質問箱」というコラムの同じ切り抜きを二度送ってきたこともある。話題は地球の形についてで、古代の人々は地球が丸いことを完璧に知っていた、と書かれていた。父は二度とも封筒の裏に、君たちは古代人は地球は平らだと思っていたと習わなかったか、と書いてきた。

それから父はまた「事件簿」欄の切り抜きをいくつか送ってきた。

〈午後十時三十分、パトナム街の住民より、何者かが裏口のドアを破って押し入ったとの通報。一ドル札一枚が盗まれた。〉

〈午前九時十二分、ノースケンブリッジのマサチューセッツ街の住民男性より、何者かが家に押し入ったが何も盗まれなかったとの連絡。〉

〈ベルモント在住、マサチューセッツ街勤務の女性によると、職場の同僚女性に、解雇されたという話を聞かされたのち首を爪で引っかかれたとのこと。〉これには余白に父の字で〝なぜ？いったいどういう関連性なのか？〟とある。

〈三月十一日（金）午前十一時三十分、コンコード街の住民女性がマサチューセッツ街近くのガーデン通りを歩いていたところ、男が「いま笑っていたか」と話しかけてきた。女性がそうだと答えると男に顔を殴られ、唇が切れて腫れた。男は現在も逃走中。〉

〈午前二時五十分、ゴア通りとサード通りの交差点そばで、三人の男が脅迫と暴行の容疑で逮捕された。うちケンブリッジの二人は危険武器および足を使った暴行容疑、もう一人のビルリカの男も同様の容疑で逮捕されたが、ハンマーでだった。〉この記事の文法ミスの箇所の横に、父は×印をつけている。

〈六月十三日（火）。ロードアイランドの女性より、午前八時四十五分から十時の間にガーデン通りの住宅で何者かに現金百八十ドルとクレジットカード入りの財布を盗まれたとの通報。テー

ブルの下に男がいるのが目撃されているが、被害者の女性は電力会社の人だと思ったと話している。〉

最後に訪ねたときの父は今までいちばん状態が悪かった。最近は何か書いているのと訊ねると、父は「いや」と答えてからゆっくりと頭をめぐらせて、途方に暮れたように口を開いて母の顔を見た。苦しげな、ほとんど苦悶に近い表情は、すでに父の癖のようになっていた。母は父の顔を見つめかえし、無表情で一拍おいてから言った。「書いているじゃないの。聖書と反ユダヤ主義について」それでも父は母の顔をじっと見つづけた。

その日の夜、寝室に下がる前に父は言った。「これも歳のせいなのだろうな。お前は私の娘で、お前のことを誇りに思うが、お前に言うことを何も思いつかない」

父は寝室に行ったが、まぶしいような純白のパジャマを着てまた戻ってきた。お父さんのパジャマを見てあげて、と母が言うので私がそうしているあいだ、父はじっと立っていた。それから言った。「朝になったら自分がどうなっているか、まるで見当がつかんよ」

父が寝てしまうと、母は四十年前の父の写真を出してきて私に見せた。ゼミのテーブルで学生に囲まれている写真だった。「ほら、これがお父さんなのよ！」母は悲痛な声で言った。まるで父が今みたいに横顔の尖ったホシガラスのような老人になったのは、何かの罰だとでも言いたげに。

さよならを言うとき、私はいつもより長く父の手を握った。父は嫌だったかもしれない。父は何を考えているのかわからないことが多いが、肉体的接触は昔から苦手で、そういう場面になるといつもぎこちなかった。照れなのか、それとも無意識なのか、父は握った私たちの手を痙攣のようにいつまでも小刻みに上下させつづけた。

最近の母の話では、このところ父はますます下降しているらしい。またしても転倒し、膀胱にも難が生じた。仕事はまだできるの、と私は訊いた。他がどんなに悪くなろうと、仕事ができるのなら父はまだ大丈夫だと私には思えた。あんまり、と母は言った。「手紙は相変わらず書いているんだけれど、それもときどき変なのよ。古い友だちあてだから、かまわないのかもしれないけれど」投函する前に自分が中身を確かめたほうがいいのかもしれない、と母は言った。

べつの高齢の女性と電話で話していたとき、人生のこの段階につけられた、長らく忘れていたある呼び名を久しぶりに耳にした。カテーテル手術をしたとか糖尿が悪いとかいう話をひとしきりしたあと、彼女はこう言ったのだ。「まあ、どうしようもないわね。人生の黄昏《たそがれ》とはこういうものよ」それでも私には、父のあの途方に暮れた様子は一時的なものなのだ、その裏では鋭い批評の精神が今も元気に息づいているのだと思えてならない。その若くてしっかりとした頭があれば、父はこれからも私の書いた手紙を読みつづけ、返事を書いてくれるはずだ、いま文通が途絶えているのはほんのいっときのことなのだ——そう思わずにいられない。

いちばん最近見た父の手紙は私あてではなく、孫の一人にあてたものだった。投函する前に私に見せたほうがいいだろうと母が考えたのだ。封筒は頑丈なガムテープで封がしてあった。手紙は最初から最後まで、父が新聞から書き写した数学の戯詩をめぐるものだった。始まりはこうだ。

〈1ダースに1グロスに1スコア
加えることの3かける4の平方根《スクエア》
7で割り、そこに足すこと5かける11
答えは9の平方、それ以上はなにもなし《ナット・モア》〉

それに続けて数学の用語の説明と問題の答えが書いてある。詩をタイプするときに設定した余白をそのまま変えなかったために、手紙全体が短い行で書かれていて、詩のような感じになっている。

〈7で割られる数字は　以下の
足し算の解。
12＋１４４＋20＋３×
４の平方根。
これが分数の線の上にくる数字。
線の下は7。足し算の答えは１８２で

それを7で割ると26。
26＋11×5（55）イコール81。
81は9の平方根。平方というのは
同じ数同士を掛けること。
9の平方は9掛ける9すなわち81。〉

そこから父は数の平方《スクエア》、三乗《キューブ》の意味について説明し、ついでに「ダース」「スコア」「スコアボード」の語源についても解説していた。平方根《ルート》の記号は木の形から来ている、とも書いていた。なんだか妙な手紙だと思う、と私は母に言う。でもどこもまちがっていないじゃない、と母は反論する。私はそれ以上は逆らわず、まあ送ってもいいと思う、と答える。手紙の終わりはそれほどおかしくはないが、ただ改行だけは変なままだ。

〈小生　記憶力も足腰もめっきり衰えました
君はまだ若いし　大学の図書館がある
から良い　拙宅には
資料関係が沢山取り揃えてあり　時々は
人を頼んで代わりに調べて貰うが　中々
同じというわけにはいきません。

まずこちらの記憶力と足腰がめっきり
衰えてしまったこと　それゆえ外出が
できず　図書館や書店に本を見に行けなくなった
こと等を　説明しなければなりません。
外に出るには　若い人を雇って
小生が転んだりしないよう　見てもらわねばなりません
一応　出るときは　歩行機を持っては行くのですが
機械と言っても　エンジンで動くわけではない
動かすのは　小生が自分でやります　だが
金属でよく光り　車輪がついている。〉

若く貧しく

こうして赤ん坊のかたわらで、机に向かってランプの下で書き物をするのはいいものだ。赤ん坊は眠っている。

まるで若くて貧しかったころに戻ったみたいに、と言いかけて気づく。

今もまだ若くて貧しかったことに。

ミセス・イルンの沈黙

ミセス・イルンの子供たちにはもはや老いた母親を理解することはできなかった。これはもう痴呆としか言いようのない状態だと彼らは考えた。だがもしも彼らが日々のがさつな営みをほんのいっとき止めて母親の心のうちを推し量っていたなら、そうではないことがわかったはずだった。

何十年も前、器量のよくない彼女の顔をまだ新婚の喜びが明るく輝かせていたころ、ミセス・イルンはよその女たちと同じくらい能弁、どうかすると能弁すぎるくらい能弁だった。たとえば夫に俺のカフスボタンを知らないかと訊ねられれば、彼女はこう答えた。「それならたぶんあなたの洋服簞笥のいちばん上の引き出しに入っていると思うわ、ただしもしあなたが居間ではずしたのだったらまだ食卓の上かもしれないし、もしかしたらこのどさくさで今ごろ床に落ちてしまっているかもしれないし、踏んでしまったかもしれない、そしたらどうしましょう、いったい私どうすれば……」ワインを少々やって政治情勢について自説を述べようかという気分になると、彼女は堰を切ったようにまくし立てた――「私に言わせればね、これは集合的狂気もいいところよ。彼らは狂っているし私たちも狂っている、でもそれは私たちのせいじゃないし私たちの親世代のせいでもない、親のそのまた親世代のせいでもない。いったい誰のせいなのかわからないけれど、私が知りたいのは……」

何年かすると、彼女と夫は互いを完璧に知りつくし、もはや何かを口で説明するまでもなくなっていた。彼女の意見は変わらないどころか、時とともにますます凝り固まって単調で執拗な反復になり、夫にとって耳新しいものは何一つなくなった。彼女は言葉を短く切り詰めるようになったが、それでも言いたいことは夫にも子供たちにもきちんと伝わった。やがて子供たちが一人また一人と巣立っていくと、ミセス・イルンはしだいにこの世に何の目的も持たないような、生きている意味を失ってしまったような思いにとらわれだした。彼女は完全に自分を見失った。自分の中に夫が内在化して自分と夫との見分けがつけがたくなり、話す言葉はほんの数語にまで切り詰められた。「寝室の箪笥の引き出し」と彼女は言った。「完全な狂気」そうも言った。夫には彼女が何を言おうとしているかわかっていたので、その数語すらも必要なく、ついにはまったく発声されなくなった。「カフスボタンはどこにいったっけな」つぶやくように、妻に向かってというよりほとんど独り言のように夫は言う。そして妻が箪笥のほうに頭を倒すより早くその前に立ち、ハンカチや外国のコインのあいだをかき回しはじめる。あるいは、朝刊の記事を妻相手に読み上げていると、妻が唇をかたく結んで怒りに燃えた目でこちらを見る、それだけで彼の耳には数年前に聞いた「狂っている」という言葉のこだまが響いてくる。彼自身話すのをやめてしまうこともできたが、自分の口からたえず洩れるつぶやき声がいつの間にか好きになっていたので、そうはしなかった。

家の中で起こることで以前に起こらなかったことは一つとしてなかったうえに、おのおのの家で騒音にまみれて暮らしている子供たちは、実家のこの静けさを不気味に感じてほとんど訪ねて来なくなったので、ミセス・イルンにはもはや言葉を話す理由は一つもなくなり、沈黙は習慣となって深く根づいた。夫が重い病に倒れたときも、彼女は無言で看病した。夫が死んでも、彼女は哀しみの言葉を口にしなかった。年上の子供たちが自分の家でいっしょに暮らさないかと誘ったときも、彼女は黙って首を振って帰っていった。

ときおり、ことに沈黙の壁の内側から孫たちの姿を眺めているときなどに、彼女はひと言ふた言何かを説明したい気持ちにかられることがあった。あるいは子供たちから、お願いだから何か話してほしいと、まるでそれで何かが証明されるかのように懇願されることもあった。そんなとき彼女は、悪夢の中でもがくように歯を食いしばり、たった一つの音を出そうとするのだが、だめだった。言葉を発すれば、自分の中の何かが損なわれてしまうような気がした。

孤独の中で、今までに考えたこともなかったようなこと、若いころでさえ一度も思いつかなかったような考えが頭の中に浮かぶことがしだいに増えていった。それは「狂っている」の類《たぐい》よりもずっと複雑なことで、それら言葉たちが自分の中で渦を巻いて膨れ上がるのを彼女は聞いた。だが週末に訪ねてきた子供たちと一、二時間いっしょに過ごしている最中に、頭に渦巻く考えを話し出そうとしても、タイミングがうまくつかめなかった。たまにそういうタイミングが訪れ、子供たちのせわしないおしゃべりがふっと途切れてみんなの目が彼女の皺だらけの顔に注がれても、一週間のあいだ頭のなかをあっちこっち飛びまわっていた言葉をうまく引っぱってくることはめったにできなかった。そして、ごくたまに言葉を意識の中に引っぱってくるのに成功しても、最後の障壁を突破して自分自身を沈黙の呪縛から解き放つことは、どうやっても決してできないのだった。

とうとう彼女はあきらめた。子供たちが訪ねると、そこには今まで見たことのない彼女の顔があった——こわばった石のような顔、内心の絶望を映す、虚ろな打ちのめされた表情が。子供たちはその表情をすぐさま痴呆の証拠であるとみなした。彼女は驚き傷ついた。もっと辛抱強く自分と付き合ってくれれば、もっと長い時間を自分とともに過ごしてくれさえすれば、彼女が痴呆などではなくもっとべつの何かであることに気づくはずなのに。だが子供たちは痴呆という考えに固執し、母親の名前で老人ホームに申し込みをしてしまった。

はじめ彼女は恐慌をきたし、細胞の一つひとつで来るべき変化に対してノーと叫んだ。なおいっそうの激しさで子供たちに向かって険しい表情を作り、夫なら理解してくれたはずの目つきを彼らに向けた。だが子供たちの心は変わらなかった。彼らの目には、母親の挙動のいちいちがまさに痴呆そのものと映った。まともな振る舞いまでが狂気じみていると受け取られ、もはや彼女が何をやっても彼らには通じなかった。

だがいざ老人ホームで暮らしはじめると、彼女は自分の置かれた環境と和解した。日中は図書室で過ごし、本を読んだり考え事をしたりした。読む速度はひどくゆっくりで、ページを見るよりも壁をじっと見つめている時間のほうが長かった。彼女は本に書かれていることに照らして自分の知性を検証し、それはしだいに研ぎ澄まされていった。ただ、看護師たちだけは現実味が感じられず、彼女を苛立たせた。彼らの固く乾いた朗らかさにはどこか偽物くさい感じがあった。彼らのほうでも彼女を嫌がった。彼女の明晰な目に射すくめられると、何となく落ちつかない気分にさせられるからだ。それでも彼女は精気のない、皺だらけの入居者たちのあいだを快適に動きまわった。それまでの人生で血の気の多い人々のあいだを動きまわっていたときよりも、それははるかに快適だった。人が大勢いるのに居間が静まり返っていることが、彼女にはとても自然なことに思えた。昼下がりの庭の小径をのろのろと歩きまわったり、夏の長い黄昏どき、ポーチに座って手すりのあいだから通りを眺めたりしている陰鬱な男女の心持ちが、彼女には手に取るように理解できた。最初はためらいがちに、だがしだいに喜びとともに彼女は確信した。自分は生きた人々のあいだでは死者に近かった。そしていま死者に近い人々に囲まれて、やっと生きはじめたのだ、と。

ほとんどおしまい——寝室は別

二人はもう寝室を別々にすることにした。

その夜、彼女は彼を抱きしめる夢を見る。彼はベン・ジョンソンと食事をする夢を見る。

お金

私はもうプレゼントも、カードも、電話も、賞も、服も、友も、手紙も、本も、みやげ物も、ペットも、雑誌も、土地も、機械も、家も、娯楽も、名誉も、良い報せも、食事会も、宝石も、バカンスも、花も、電報もいらない。私はただお金が欲しい。

謝辞

付け加えるべきことは一つだけ
本書に収められた銅版画の
丁寧な再刻はすべて
カフ氏によるものである。

訳者あとがき

『サミュエル・ジョンソンが怒っている』*Samuel Johnson Is Indignant* はリディア・デイヴィスにとって三番めの短編集で、順番からいうと短編集『分解する』、長編『話の終わり』、短編集『ほとんど記憶のない女』につぐ四冊めの著作である。

ひとまず短編集と言ったものの、本書に収められている作品の多くは、通常「短編小説」という言葉から私たちが思い浮かべるイメージからはひどくかけ離れた姿をしている。たとえば問いの部分が空白で答えだけが並んでいるQ&Aがある。しゃっくりのためにたびたび中断される口述筆記がある。ひどい悪文で書かれた偉人伝がある。淡々と繰り広げられる夫婦漫才がある。つぶやきや、詩や、寓話や、新聞記事の見出しのような断片がある。かと思うと身辺雑記ふうのエッセイや、回想録や、古い時代の旅行記がある。二百ページほどの中に、形式も長さも雰囲気もまちまちの作品が五十以上収められているところは前作『ほとんど記憶のない女』のスタイルを引きついでいるが、自由さ、軽やかさにおいてますますドライブがかかっているという印象を受ける。

その自由さはごく端的に、作品の長さ、というか短さにもあらわれている。前作にも三行ほどしかない作品があったが、今回は二行、一行で完結してしまう作品が数多くある。表題作の「サミュエル・ジョンソンが怒っている」にいたっては本文が一行の半分、タイトルと合わせてやっと一行分の長さである。

この〝短さ〟は今やすっかりデイヴィスの代名詞のようになっているらしく、先ごろ国際ブッカー賞という大きな栄誉に輝いたときも、AFP通信の配信したニュースの見出しは〈「国際ブッカー賞」に一行小説のL・デイヴィス氏〉だった。

そうした極端に短い作品について、これは果たして小説なのか、もっと別の何かなのではないのかと問われて、デイヴィスはあるインタビューでこう答えている。「小説とは、もっと極端な形をも許容するジャンルだと私は考えます。……物を書きはじめた当初は私もオーソドックスな、物語らしい短編小説を目指していました。その後徐々に形が変化していっても、小説を書いているという意識は変わりませんでした。書くものがどんどん定型からはずれていくなか、自分なりにレッテル貼りを試みたこともあります。〝テキスト〟？　なんだか退屈そう。〝散文詩〟？　叙情的すぎるし、ダイナミズムに欠ける。そうした言葉はどれも私のやろうとしていることの意図や精神を説明してはくれなかった。だから自分の作品を今までどおり〝小説〟と呼ぶことに決めたのです」。さらにこうも付け加えている。「私は自分の短い小説が、ある種の爆発のように、読み手の頭の中で大きく膨らむものであってほしいと願っているのです」（Three Monkeys Online Magazine）

一九四七年生まれのリディア・デイヴィスは、これ以上ないくらい文学的な環境で育った。父ロバート・ゴーダム・デイヴィスはコロンビア大学の教授で、教え子の中にはシルヴィア・プラスやノーマン・メイラー、そしてのちにリディアの夫となるポール・オースターもいた。母ホープ・ヘイル・デイヴィスは女性誌や『ニューヨーカー』誌に小説が載る作家だった。リディア自身、小学生のころからサミュエル・ベケットやドス・パソスに親しみ、十二歳ですでに、いずれ作家になるべき自分の運命を悟っていた。

大学卒業後、当時恋人だったオースターとフランスに渡り、ひと夏を別荘の住み込み管理人として過ごしながら、互いに創作に励んだ。当時デイヴィスは『ニューヨーカー』に載るような正統派の短編小説を書こうとして苦しんでいた。だがある日、詩人ラッセル・エドソンの書いた、ひどく風変わりで一つひとつが短い小説集を読むと、すぐに自分でも奇妙で短い文章を一冊のノートに書きはじめた。まるで空中からつかみとってくるように、文章は次から次へ湧いて出た。こうして数か月後に生まれたのが「十三人めの女」(『ほとんど記憶のない女』収録)、彼女の出発点ともいうべき、わずか数行の小説だった。そのノートは創作ノートであり日記であり、メモ帳でもあった。そしてそこに書いたものは何でも、友人への手紙の下書きでさえ、知らず知らず小説のようになった。

二〇一四年三月の『ニューヨーカー』誌に、記者がニューヨーク州の自宅にデイヴィスを訪ねた長い記事が載ったが、そこには相変わらず「小さな黒いノート」を肌身離さず持ち歩き、事あるごとに何か書きこみ、読みかえす彼女の姿があった。読んでいる本の中で見つけたまちがった比喩。誰かのメールの文面。ホテルの部屋に残された〈清掃担当は◯◯でした〉のカード。意識にひっかかったことはすべてそこに書きこむ。そしてそこからまた新たな創作が頭をもたげる。自分は実生活に題材をとる作家だ、だからつねに周囲に五感を研ぎ澄ませているのだ、と彼女は語る。「この性分には注意しないと。何でもかんでも小説になってしまうから」記事の最後で彼女はそう言っていた。数年前、遺言状を作成しようとしたが、それすらもとめどなく膨らんで小説化しだしたので、仕方なく中断してしまったという。

『サミュエル・ジョンソンが怒っている』の中にも、おそらくそのようにして小さな黒いノートから生まれたのであろうと想像できる短編がいくつもある。〝刈る《モウ》〟と〝芝生《ローン》〟という言葉をもてあそびつつ、芝刈りの習慣への憎悪をつのらせていく「刈られた芝生」。陪審員として裁判所に呼ばれたときの不思議に心動かされる体験を、架空の質問者に答える形で語りなおす「陪審員」。帰りのドライブはどうだったの、と聞かれて「問題なかったわ《ファイン》」と答えるまでの一瞬のあいだに脳裏をよぎったあれやこれやを律儀にすべて言語化した「私たちの旅」。父親の葬儀の際に担当者が使った珍妙な造語に苦情を申し立てる「ある葬儀社への手紙」、等々。

それらはいわば、彼女という人の「自分観察日誌」だ。一人の人間が実人生とぶつかりあって立てる火花をていねいにすくい取り、幾重にも濾過《ろか》して言葉の形に結晶させたような。自分観察のまなざしは、ときにもっとも生《なま》な、切実な感情にも向けられる。子育てにつきまとう後悔や罪悪感を描く「古い辞書」や「身勝手」。老いゆく両親を見つめる「ボイラー」。結晶となった言葉は硬く乾いてひんやりとして、元の感情からは慎重に隔てられているように見えて、目を凝らしてみると、行間から血のしたたるような感情が、生の痕跡が、透けて見える。

読書もまた一つの人生で、だから作者が触れた本からも小説は生まれる。本書の中でもっとも短い「サミュエル・ジョンソンが怒っている」は、『サミュエル・ジョンソン伝』で知られるボズウェルの日記の中の一文を二つに区切って、前半をタイトルに、後半を本文にしたものだ。ほとんど同じ言葉で構成されているのに、作家の手で切り取られ、小説として置かれなおしたそれは、もはや元の文とは別の命を獲得している。私たちは、スコットランドに樹がないと言ってぷんすか怒るジョンソンの姿が行間に活き活きと立ち現れるのを見、それと同時にそのテキストを読んで面白がっている書き手の視線も追体験することになる（ちなみにジョンソンはたびたびスコットランドをおちょくることで知られており、それを逐一記録しているボズウェル自身スコットランド人である）。

「マリー・キュリー、すばらしく名誉ある女性」は、デイヴィスが若いころに生活のために翻訳した、あるフランス人作家のキュリー夫人伝をコラージュしたうえで、ものすごく下手くそな英語に翻訳したものだ。デイヴィスによると、その本はひどく感傷的で馬鹿げた文体で書かれていたが、「恐ろしくまずい文章で書かれた物語が、にもかかわらず感動を生む」ことに心をひかれたという（じっさい、マリーの夫ピエールが死ぬところでは、感動のあまり泣きながら訳文を推敲したという）。ちなみに、文中マリーの研究所の職員が彼女をののしって「ラクダ」と呼ぶ箇所があるが、ラクダを意味するフランス語の chameau には「ならず者」とか「いやみな女」の意味もある。

リディア・デイヴィスの小説を読むということは、ふしぎに重層的な体験だ。私たちは書かれたものを読みながら、それが書かれるにいたった道筋を読み、隠されたもう一つのテキストを読み、それを書いている作者の心の動きも読む。小さな黒いノートの表紙がぱたんと閉じられる音を聞く。

リディア・デイヴィスは二〇〇一年に本書を出したあと、〇七年に *Varieties of Disturbance*、一四年に *Can't and Won't* と、二つの短編集を上梓した。また一一年には、四つの短編集を一冊にまとめた *The Collected Stories of Lydia Davis* を発表した。三十年ぶん、およそ二百本の短編を収めた七百ページを超えるこの大部の本は話題になり、多くの若い読者が彼女を〝発見〟するきっかけになった。

翻訳者としても二〇〇二年にプルースト『失われた時を求めて』の『スワン家の方へ』を、一〇年にはフロベールの『ボヴァリー夫人』を翻訳し、原文の手触りを厳密に再現する手法でそれぞれ高い評価を得た。最近では十九世紀のイギリスの作家の手になる児童文学の古典をリライトしたほか、スペイン語やスウェーデン語の小説の翻訳にも手を染めている。

二度の結婚でもうけた二人の息子はすでに成人して家を離れ、現在は抽象画家の夫アラン・コートとともに、ニューヨーク州東部の小さな村の、古い小学校を改築した家に住んでいる。彼女が二〇一一年に出した *The Cows* というチャップブック（数十ページの小冊子）は、家の窓から見える隣の牧場の三頭の牛を来る日も来る日も観察した写真つきのドキュメントで、ただ牛が立ったり座ったり草を食《は》んだりする様子を描いて、なぜか無性に面白く、心をゆさぶられる。

最後になったが、本書を翻訳するにあたってはたくさんの方々のお世話になった。訳出上の疑問に丁寧に答えてくださり、貴重な資料と助言をくださった満谷マーガレットさん。同じく原文の理解の手助けをしてくださったジェームズ・ファーナーさん、柴田元幸さん。訳文を細かくチェックし、貴重な助言を与えてくださった平田紀之さんと作品社の青木誠也さん。どうもありがとうございました。

二〇一五年七月

岸本佐知子

Uブックス版に寄せて

『ほとんど記憶のない女』に続き、『話の終わり』『分解する』そして本書と、今までに翻訳したリディア・デイヴィスの著作は、これですべてUブックスに収録されたことになる。

一連のUブックス化作業を通して、デイヴィスという作家の、ほかの誰とも似ていない強烈な個性に、訳者としてますます畏怖と憧れを感じた。ことに今回強く感じたのは彼女の独特のユーモアのすばらしさだ。「面談」や「〈古女房〉と〈仏頂面〉」、「マリー・キュリー、すばらしく名誉ある女性」など、自分で訳しておきながら、読んでいて声を出して笑ってしまったものも多い。この面白みが翻訳によってなるべく損なわれることなく、読者のみなさんにも伝わることを祈っている。

「訳者あとがき」にも書いたとおり、デイヴィスは本書のあと *Varieties of Disturbance* そして *Can't and Won't* と、二つの作品集を発表している。それらについても、一刻も早く翻訳したいと願っている。

Uブックス化に際して丁寧に本文をチェックしてくださった白水社の栗本麻央さん、また本作をはじめディヴィス作品三作をUブックスに再録することを快諾してくださった作品社の青木誠也さんに、この場を借りてお礼を申し上げます。

二〇二三年一月

岸本佐知子

著者紹介
リディア・デイヴィス（Lydia Davis）
1947年マサチューセッツ州生まれ、ニューヨーク州在住。著書に『ほとんど記憶のない女』『話の終わり』『分解する』（白水Uブックス）、*Varieties of Disturbance*、*Can't and Won't* など。プルーストの『失われた時を求めて』第一巻『スワン家の方へ』の新訳が高く評価されるほか、ビュトール、ブランショ、レリス、フロベールなどフランス文学の英訳者としても知られ、フランス政府から芸術文化勲章シュヴァリエを授与されている。2003年にはマッカーサー賞、2013年には国際ブッカー賞を受賞した。

訳者略歴
岸本佐知子（きしもと・さちこ）
上智大学文学部英文学科卒。翻訳家。訳書にL・ベルリン『掃除婦のための手引き書』『すべての月、すべての年』、L・デイヴィス『ほとんど記憶のない女』、M・ジュライ『いちばんここに似合う人』、G・ソーンダーズ『十二月の十日』、J・ウィンターソン『灯台守の話』、S・ミルハウザー『エドウィン・マルハウス』、N・ベイカー『中二階』『もしもし』、T・ジョーンズ『拳闘士の休息』、S・タン『内なる町から来た話』など。編訳書に『変愛小説集』『居心地の悪い部屋』など。著書に『気になる部分』『ねにもつタイプ』（講談社エッセイ賞）『死ぬまでに行きたい海』などがある。

本書は2015年に作品社より刊行された。

白水uブックス　247

サミュエル・ジョンソンが怒っている

著　者　リディア・デイヴィス
訳　者 ©岸本佐知子
発行者　岩堀雅己
発行所　株式会社 白水社

2023年 2月 10日 印刷
2023年 3月 5日 発行
本文印刷　株式会社精興社
表紙印刷　クリエイティブ弥那
製　　本　誠製本株式会社
Printed in Japan

ISBN978-4-560-07247-9

乱丁・落丁本は送料小社負担にてお取り替えいたします。

東京都千代田区神田小川町 3-24
振替　00190-5-33228　〒 101-0052
電話（03）3291-7811（営業部）
（03）3291-7821（編集部）
www.hakusuisha.co.jp